오늘 하루만
더 긍정

독특한 몸, 그래서 특별한 나.
조금은 유별난 인생의 무한 긍정이야기

오늘 하루만
더 긍정

글 · 그림 김예솔

마음지기
Maumjigi

이 책은 한 소녀가 '나답게' 살기 위해서 겪었던 조금은 특별한 이야기다.
눈에 보이는 불편한 몸이 인생에 장애가 될 수 없다는 걸 증명하는 이야기다.
독특한 몸 때문에 오히려 자신은 특별하다며, 특별한 인생이라며
자랑스러워하는 자기애로 똘똘 뭉친 이 소녀의 일상을 들여다보면
당신은 아마도 피식 웃음이 지어질 것이다.
그리고 어느새 마음속 한편에 현실이라는 무게로 접어 두었던
당신의 꿈을 꺼내고 싶어질 것이다.

소녀는 말한다.
자신을 깊은 바다 밑까지 끌어내리는 듯한 삶의 무게가
도리어 살아갈 힘이 되었고, 용기가 되었다고.
그러니 당신도 다시 한 번 시작해 보라고.
삶은 여행이니까.

삶은 여행
이젠 나에게 없는 걸 아쉬워하기보다
있는 것들을 안으리
삶은 계속되니까
수많은 풍경 속을 혼자 걸어가는 걸
두려워했을 뿐
하지만 이젠 알아
혼자 비바람 속을 걸어갈 수 있어야 했던걸

「삶은 여행」, 이상은

사람이 살다 보면 많은 관계가 형성된다. 그 관계 속에서 좋은 관계로 발전해 가는 것이 성공의 비결이라고 생각하기에 항상 관계를 소중히 생각하고 있다.

여기에 나와 좋은 관계를 맺고 있는 한 청년이 있다. 2010년 「사회복지법인 따뜻한동행」에서 전동휠체어를 선물하면서 알게 된 김예솔 양. 일곱 살 때 척수 장애가 된 예솔 양은 당시 서울대학교에서 디자인을 전공하는 학생이었다. 그때의 인연으로 종종 소식을 전해 들었는데, 이번엔 작가가 되어 자기의 이야기를 담은 그림에세이 『오늘 하루만 더 긍정』을 출간한다니 참으로 대견하고 감격스러울 수 없다.

자신의 장애를 불편해하거나 불평하는 것이 아니라 오히려 그 안에서 감사할 것을 찾고, 당차게 살아가는 긍정의 아이콘 김예솔 작가의 이야기를 통해, 우리가 사는 사회가, 일터가, 가정이, 무엇보다 우리 스스로의 삶이 조금이라도 더 나아지길 바라 마지않는다.

김종훈 | 한미글로벌 회장, 사회복지법인 따뜻한동행 이사장

세상에는 세 종류의 인간이 있다. 후퇴하는 인간, 정체된 인간 그리고 진화하는 인간. 그중 김예솔 작가는 진화하는 인간이다. 가지지 못한 건강한 다리를 불평하는 대신, 자신의 장점을 극대화시키는 쪽으로 지금껏 살아왔다. 영민한 머리와 그림 솜씨, 당찬 성격에 쾌활함까지. 이 책을 읽고 나면 당신은 아마 궁금해질 것이다.

"다음은 어디로 갈 겁니까, 예솔 씨."

오늘도 정체된 인생을 살고 있는 모든 사람에게 『오늘 하루만 더 긍정』일독을 권한다.

류미 | 정신과 전문의

『오늘 하루만 더 긍정』의 저자인 김예솔 작가는 후천성 장애인 횡단성 척수염Transverse Myelitis으로 하반신 마비가 되어 휠체어에 의존해 살아간다. 그는 휠체어와 함께 미국 어학연수를, 미국 회사에서의 인턴십을, 유럽 배낭여행과 중국 여행을 했다. 지금은 서울대학교를 졸업한 후 대기업에 취업하여 활기찬 사회생활을 하고 있다.

중증장애를 가지고 현 한국 사회를 살아오며 경험한 삶의 이야기를 책으로 출간하게 되어 더없이 기쁘고 자랑스럽다. 김예솔 작가의 『오늘 하루만 더 긍정』을 통해 비슷한 처지에 있는 많은 중증장애인과 그의 가족들이 희망과 용기와 지혜를 얻을 수 있으리라 믿는다. 또한 우리 사회가 장애에 대한 편견을 없애고 그들도 비장애인들과 똑같은 기회와 권리를 누릴 수 있게 되기를 간절히 염원한다.

이일영 ┃ 재활의학 전문의, 한국장애인 재활협회 부회장

그녀가 나의 작업실에 처음 찾아왔던 날이 생생하게 기억난다. 또래 직장 여성보다 더 건강한 에너지와 당당하고 맑은 미소를 띠고, 온몸으로 자신의 매력을 발산하는 사람. '장애로 할 수 없는 것보다 할 수 있는 것을 생각하기'라는 문구가 적힌 그녀의 블로그와 두 발로 서보겠다며 꾸준히 운동하는 영상을 업로드하는 그녀의 SNS는 내게 형용 불가한 울림을 주었고, '삶의 태도'에 대해 자문하게 했다. 생의 한가운데, 수많은 좌절 속에서 나는 어떤 태도를 보였고 어떤 것을 깨달았던가. 누군가의 존재만으로 마음이 따뜻해지고 든든했던

적이 있다면, 내겐 부모 다음이 그녀일 것이다. 『오늘 하루만 더 긍정』의 출간을
축하하며, 무한한 존경과 감사 그리고 응원을 보낸다.

집시 | 일러스트레이터

20대 초반에 보았던 그녀는 도도하고 냉소적이었다. 그러나 그 쿨함 뒤에 숨
은 뜨거운 열정과 따스한 감수성은 늘 사람들을 놀라게 한다. 그리고 지금, 그녀
는 또 다른 '너머'의 세상을 꿈꾼다. 『오늘 하루만 더 긍정』은 이런 김예솔 작가
를 고스란히 담아내고 있다. 장애에 대한 편견을 넘어 가장 유니크하지만, 동시
에 가장 유니버설한 세상을 꿈꾸는 그녀에게 무한한 기대와 응원을 보낸다.

박천기 | KBS 라디오 PD

CONTENTS

PROLOGUE

다시 태어난 날

평범한 가정주부였던 엄마.

손재주가 많은 엄마는 미용사 자격증을 준비하며,

동네 미용실로 실습을 나갔다.

나는 그런 엄마를 따라 미용실에 가는 것이 무척이나 행복했다.

엄마가 손님의 머리를 만져주면 마법처럼 예쁘게 변하는 게 참 신기했다.

그날도 난 여느 때와 같이 엄마의 손을 잡고 미용실로 향했다.

매일같이 가던 그 미용실로,

따뜻하고 맑고 찬란한 그날.

미용실 옆, 새로 생긴 문구점에 진열된 진한 분홍색 병원 놀이 세트. 그날따라 나의 관심은 온통 그것에 쏠렸다. 두 살 터울인 오빠와 종종 병원 놀이를 하던 나는, 꿈이 뭐냐는 어른들의 질문에 1초의 망설임도 없이 말했다.

"간호사요"

참새가 방앗간을 그냥 지나치랴 나는 곧장 엄마에게 병원 놀이 세트를 사달라고 졸랐다. 그런데 엄마는 평소와 달랐다. 너무나 강경하게 안 된다고 했다. 나 또한 포기하지 않고 바닥에 주저앉아 세상이 떠나가라 울었다. 발을 동동 구르며 악을 썼다.

도저히 안 되겠다 싶었는지, 엄마는 미용실 안에 있던 빗자루를 가져와 내 엉덩이를 몇 차례 때렸다. 화가 난 나는 더 큰 소리로 울었다. 그런데 갑자기 몸을 제어하기가 어려웠다. 몸은 말을 듣지 않았고 다리에서 점점 이상한 느낌이 들었다. 경련이 나면서 전기가 통하는 것 같았다. 일곱 살 인생에서 처음 느끼는 기분이었다.

전기고문을 받는다면 이런 느낌일까. 엄마에게 화장실 가고 싶은 것 같다며 자지러지게 울었고, 다리에 힘은 점점 풀렸다. 이런 내가 이상하다고 느낀 엄마는 나를 업고 집으로 달려갔다.

그리곤 나는 기억이 없다.

다시 기억이 시작된 것은 그날 밤이었다. 눈을 뜨자 우리 집 거실 천장이 보였다. 엄마는 오늘 낮에 있던 상황을 아빠에게 설명하고 있었고, 아빠가 내 머리 위에서 눈부신 전등 불빛을 가린 채 나를 내려다보고 있었다. 내가 눈 뜬 것을 확인한 아빠는 내 허벅지 살을 꼬집으며 내게 물었다.

"어때? 감각이 느껴져?"

"아니"

아빠는 다른 쪽 다리를 다시 꼬집었다.

"아프지 않아?"

"아니"

하나도 아프지 않았다. 아빠가 내 다리를 아주 세게 꼬집는 것을 눈으로 보고 있었지만 전혀 아프지 않았다. 아빠와 엄마는 비로소 내게 무슨 일이 생겼다고 느꼈고, 바로 인근 대학병원 응급실로 나를 데려갔다.

고열에 시달렸던 나에게 병원에서는 해열제를 투약했고 열은 하루 만에 내렸다. 하지만 다리는 움직여지지 않았다. 배변 장애도 같이 와서 맘대로 변을 볼 수 없었던 내게 그저 변비약 처방만 내려질 뿐이었다.

투명한 노란색의 물컹한 시럽. 꼭 노란 콧물 같은 약의 맛과 냄새가 어찌나 고약하고 비위가 상하던지, 나는 변비약 먹기를 거부했고, 억지로 내 입을 벌려

서 약을 밀어 넣을 때마다 구토했다. 지금도 그 약을 떠올리면 속이 울렁거린다. 의사는 원인을 찾기 위해서 골수검사를 했는데, 마취제가 듣지 않아 거의 맨정신으로 검사를 받았다. 두껍고 기다란 주삿바늘을 내 허리에 집어넣었다. 나는 몸부림쳤고, 엄마는 그런 나를 붙잡았다. 지옥 같은 시간이었다. 할 수 있는 모든 검사를 했지만, 원인을 찾지 못했다.

일주일이 지났는데도 아무런 호전이 없었다. 엄마와 아빠는 긴급히 서울의 병원을 알아봤고 나를 데리고 바로 서울대학병원 응급실로 향했다. 한 달을 그곳 병원에서 보내고 나서야 나의 병명이 밝혀졌다. 급성 횡단성 척수염Transverses Myelitis으로.

우리 몸에는 척추뼈가 보호하고 있는 척수신경이 있다. 척수신경은 뇌에서 보내는 신호를 우리 몸의 각 부분에 전달하는 역할을 한다. 또 반대로 몸이 외부로부터 받은 자극을 뇌에 전달하는 역할도 한다. 이 신경에 염증이 생긴 것이다. 염증은 열이 나던 그날 하루 만에 척수신경을 손상시켰다.

그렇다면 왜 갑자기 이런 염증이 생겼을까. 아직도 그 정확한 원인은 밝혀지지 않았다. 의사는 '바이러스'가 어떤 경로를 통해 척수신경을 공격했을 거로 추측할 뿐이었다.

나는 이렇게 장애인이 되었다.
1994년 4월 20일.
그날 하루가 내 삶을 완전히 달라지게 했다.
너무나 맑았던 그날은 '장애인의 날'이었고,
나의 일곱 번째 생일 5일 전이었다.

시련은 여기서 멈추지 않았다. 내가 갑자기 주저앉은 그해, 아빠의 사업마저 크게 실패했다. 빚이 많아 모든 생활을 정리하고 할아버지가 계신 시골로 내려가야 할 상황이었다. 아빠의 사업실패는 처음이 아니었고, 엄마는 그런 아빠와 더는 같이 살 자신이 없었다. 가정이 깨질 위기에 처했다.

이때 엄마에게 유일한 피난처는 기도였다. 살길이 막막한 만큼 더욱 간절한 마음으로 40일 새벽기도를 시작했다. 40일째 되는 날, 엄마는 마음을 다잡았다. 무너진 가정을 다시 일으켜보기로.

마침 외삼촌이 엄마와 아빠에게 식당 개업을 제안했고, 두 분은 한 번도 해보지 않았던 식당을 시작했다. 대궐 같은 한옥의 장녀인 엄마는 처음으로 주방과 홀을 오가며 생업에 뛰어들었다. 아빠는 식당 한쪽에 정육점을 담당하며 고기를 팔았다. 다행히 식당엔 손님이 끊이지 않았고, 엄마와 아빠 얼굴엔 의욕이 넘쳤다. 식당 개업 3년 만에 아빠의 빚을 모두 청산할 수 있었다. 그 식당이 지금의 '맛사랑갈비정육점'이다.

나를 키우는 것에도 엄마와 아빠는 마음을 하나로 모았다. 내가 예전처럼 다시 걷고 뛰는 것에 희망을 두고 기적을 바라는 게 아니라, 불편한 몸 그대로의 모습을 받아들이기로 했다.

동네 사람들은 내가 걷지 못하게 된 것이 엄마가 내 엉덩이를 잘 못 때려서라며 수군거렸고, 힐난의 눈길을 보냈다. 하지만 엄마는 눈과 귀를 닫았다. 그저 나에게 해 줄 수 있는 최상의 것을 주기 위해 열심히 일했다.

나에게 '너는 할 수 있어, 너는 다른 아이들과 다르지 않아'라는 말 대신에, 나를 있는 그대로 끌어안았다. 그것은 확고한 의지와 용기가 필요한 일이었고,

우리 부모님의 사랑 방법이었다.

나에게 초등학교 입학 통지서가 왔을 때도 부모님은 특별한 고민 없이 나를
일반 학교에 보내기로 했다. 나의 다리는 휠체어가 대신할 뿐이라며 여느 아이
들처럼 여덟 살에 동네 초등학교를 보내는 게 당연하다고 생각했다.

다치기 이전과 다름없는 부모님의 사랑은, 내가 신체적으로만 달라졌을 뿐
행복할 수 있었던 이유이다.

한 줌의 용기와 한 방울의 눈물

그 눈으로 보게 되면

사랑은 여전히 사랑이어서

우리 작은 삶들에 비추고

깊은 밤 지나면 새날이 오듯

여기 손에 닿을 듯 가까이 손짓하지

「사랑은 여전히 사랑이어서」, 한웅재

1장
여전히
행복한 이유

꿈 미술학원

　걷지 못하게 된 이후로 방안에서 가만히 앉아있는 시간이 부쩍 많아진 나는 심심했다. 오빠가 학교에 가면 함께 놀 사람이 없었고, 초등학교 입학 전까지 한글을 못 떼서 책과는 거리가 멀었다.

　엄마와 아빠는 온종일 식당일로 바빴기에 나에게 공부를 가르쳐주고, 놀아줄 시간이 없었다. 이 무료한 시간을 채워주는 건 내 친구 TV뿐이었다. 내가 그림을 그려보고 싶다는 생각을 하게 된 것도 TV에서 화려한 패션쇼가 나왔기 때문이다. 예쁜 드레스를 입고 멋진 모습으로 나오는 모델들을 보다가 문득 그 모습을 나의 8절지 스케치북에 그리고 싶어졌다.

　그렇게 그린 그림이 나의 첫 작품이었으며, 부모님을 비롯한 주위 사람들의 칭찬에 꽤 뿌듯했다. 나는 나의 첫 그림을 책상 앞 벽에 붙여 놓았다. 그리고 그 이후부터 하나둘 새로 그린 그림을 벽에 붙여 나가는 게 나의 가장 큰 행복

김예솔
1997.12

이었다.

　우리 집에 오는 사람들이 내 그림을 볼 수 있도록.

　그 당시 우리는 아빠의 사업 실패로 매우 힘들었다. 집도 따로 없었다. 식당 한쪽에 딸린 방 하나에서 네 식구가 살을 맞대며 옹기종기 살아야 했다. 오빠나 나를 학원을 보내 줄 만큼 형편이 넉넉하지도 않았다. 하지만 엄마는 나를 미술학원에 보냈다.

　'꿈 미술학원'은 우리 식당 바로 위층에 자리한, 이제 갓 30대가 된 젊은 부부 원장 선생님이 운영하는 학원이었다. 선생님들은 주방에서 음식을 만들고 그 음식을 손님 테이블로 나르느라 몸이 열 개라도 부족한 엄마를 대신해서 나를 안고 계단을 오르락내리락하며 학원과 식당을 오가셨다.

　행복했던 시간이었다. 내가 가장 잘하고, 나의 유일한 행복이 그림이라는 것을 일찍 알게 해준 고마운 분들.

　순수한 열정을 갖고 몰입할 수 있는 도구가 있다는 것 자체로 나는 축복을 받았다고 느낀다. 만약에 엄마가 나를 집에만 두고 밖에 못 나가게 했다면 어땠을까. 바쁜 생계 때문에 자식 교육에 신경 쓸 여유가 없었다고, 장애 아이를 위한 교육제도가 전혀 없었던 사회 때문이라고 엄마는 충분히 여길 수도 있었다.

　하지만 엄마는 나를 강하게 키웠다. 물론 강요는 하지 않았다. 내가 학교나 학원에 가기 싫다고 하면 억지로 보내지 않았다. 무슨 일이든 내가 스스로 하고 싶다고 할 때까지 기다려주었다.

엄마는……

매일매일 다른 아이들과 똑같이 생활하는 나를 기특해했다.

나를 바라보는 엄마의 눈에는 늘 애처로움이 뚝뚝 떨어졌다.

대견함이 뚝뚝 떨어졌다.

어떻게 그 세월을 견뎠는지 지금에 와서 물어본다면,

엄마는 뭐라고 답할까.

아마도 이렇게 대답할 것 같다.

'예솔이 엄마니까'

나는 초등학교 6년, 중학교 3년, 고등학교 3년. 12년의 정규과정을 '무사히' 마칠 수 있었다. 부모님의 전폭적인 지원이 아니었다면 12년의 세월이 이 한 줄로 담길 수 없었을 것 같다. 아빠는 하루도 빠지지 않고 나를 학교에 데려다 주고, 언제나 끝나는 시간에 맞추어 데리러 왔다. 그때는 너무나 당연하다고 여겼지만, 그 모든 것이 부모님의 사랑이라는 걸 늦게 깨달았다.

내가 초등학교를 입학한 1995년은 지금처럼 장애 학생이 일반 학교에 다닐 수 있도록 하는 법과 제도가 없었다. 그래서 부모님은 '혹시나' 학교가 나를 받아주지 않으면 어쩌나 하는 걱정이 앞섰다고 한다. 오랜 시간이 흐른 후 아빠에게서 들은 이야기다.

처음엔 집에서 가까운 초등학교로 나를 보내려고 했지만, '장애'를 이유로 입학을 거부당했었다고 한다. 그래서 다른 학교들을 알아봐야 했고 그중에 한 학교가 나를 '받아' 주어서 입학할 수 있었다고 했다. 엄마 아빠는 그 당시엔 그러한 어려움을 내게 내색하지 않았다. 그런 부모님 덕분에 나는 학교에서 위축되지 않을 수 있었다. 만약에 학교에서 나를 거부한다는 이야기를 들었다면 내가 그렇게 당당하게 행동할 수 있었을까. 글쎄, 잘 모르겠다.

나 역시 상급학년으로 진급할 때마다 두려운 떨림이 있었다. 학년이 올라갈수록 반의 위치가 바뀌는 것이 문제였다. 초등학교 1학년은 2층, 2학년은 3층, 3학년은 4층에 교실이 있었기에 3학년이 된 나는 4층에서 수업을 받아야 했다. 지금의 초등학교는 엘리베이터를 설치하도록 규정하고 있지만, 그 당시는 그렇지 않았다. 학교는 내가 속한 교실을 1층으로 배정해 주지 않았고, 이후 다른 학교로 전학 가기 전까지 부모님은 나를 안고서 4층 계단을 오르내리면서 등하교를 시켜 주었다.

그런데 문제는 3학년이 되면서 오후 수업까지 있다 보니 학교에서 점심시간을 보내야 했다. 급식을 먹으려면 1층에 있는 급식소로 가야 했는데 4층에서 급식소까지 내려갈 수 없었기에 나는 꼼짝없이 교실에 있을 수밖에 없었다. 이렇듯 도전 거리는 또 찾아왔다.

그런데 나를 위해서 급식 식판을 가져다주겠다는 지원군이 나타났다. 우리 반에서 꽤 잘생기고 인기가 많던 남자아이였다. 그 친구는 자기가 밥을 빨리 먹기 때문에 식사 후, 식판에 밥을 받아서 교실까지 가져다주겠다고 했다. 이후 정말로 하루도 빼놓지 않고 그 친구가 두 달 동안 밥 셔틀을 해주었다. 4교시가 끝나는 벨이 울리면, 다른 남자애들과 식당으로 가서 밥을 먹고는 식판에 밥을 받아 4층에 있는 내게 가져다주었다. 어김없이 늘 비슷한 시간에.

그래서일까. 아이들이 점심을 먹으러 간 사이, 언뜻 보면 텅 빈 교실에 혼자 있는 그 쓸쓸한 풍경 속에서 나는 밖을 바라보기도 하고, 그림을 그리며 그 친구를 기다렸다.

'조금만 기다리면 올 거야.'

그 친구는 식판에 밥을 야무지게 담아 왔다. 4층 교실로 올라오는 동안, 국이며 밥이 흐트러지지 않았다. 두 손에 식판을 들고 조심조심 계단을 올랐겠지? 그렇게 가져다준 밥을 나는 맛있게 먹었다. 그러면 그 친구는 내 앞에 앉아 실없는 농담을 건네거나, 주변을 한 바퀴 돌기도 했다. 내가 밥을 먹고 난 후, 남은 음식을 한 곳으로 모으면 그 식판을 다시 급식소에 가져다 놓으려고.

어느 날 엄마에게 그 친구에 대해 말했더니 고마운 친구에게 선물을 하라고 했다. 난 아껴둔 용돈으로 문구 세트를 사서 친구에서 주었다. 그러자 그 친구를 좋아하던 우리 반 통통한 여자애가 어떻게 알았는지, 내게 찾아와 따졌다.

"너 왜 개한테 문구 세트 준 거야?"

"내 점심 식판 갖다 주는 게 고마워서."

"그래서 선물했다고? 그럼 내가 앞으로 네 식판 갖다 줄게. 그럼 너 나한테 선물 줄 거니?"

그 통통한 여자애가 어이없다는 얼굴로 물었고, 나도 이에 질세라 그 말에 맞받아쳤다.

"그래! 네가 앞으로 내 식판 갖다 줘. 그럼 내가 선물 줄게!"

서로의 목소리가 커지고 반 아이들이 우리의 싸움 구경을 하러 주변으로 몰렸다. 그때 이 사건의 중심이 된 남자애가 나타나 통통한 여자아이에게 한마디 하면서 모든 상황을 정리했다.

"야, 내가 좋아서 하는 일이야. 이 선물 안 받으면 되잖아."

그리고 그 친구는 실제로 나에게 선물을 돌려줬다.

얼마 후 나는 신설된 초등학교로 전학을 갔고, 급식 셔틀을 해주던 친구도 다시 보지 못했다. 겨우 열 살이었던 아이가 다른 친구를 위해서 매일같이 한 일이었다. 선생님이나 우리 부모님이 부탁하지도 않았는데 말이다.

누가 그런 마음을 그 아이에게 심어놓았을까.

선의를 베풀면서도 생색내지 않는 그 마음을.

"손과 다리가 되어 주고 싶어"

　새로 전학 간 부천초등학교에서는 모든 것이 새로웠다. 부천초등학교의 첫 교장이신 최한길 선생님은 장애 학생에 대해 열린 마음을 갖고 계셨다. 교장 선생님은 내가 전학 오자 1층으로 교실을 배정해 주셨고, 졸업할 때까지 1층 교실을 약속해 주셨다. 담임 선생님 또한 나를 맡길 희망하는 선생님으로 배정하셨다. 교장 선생님을 포함하여 모든 선생님은 나에게 보내 준 배려를 한 번도 내세우거나 생색내지 않으셨다. 새로운 선생님들, 그리고 꽃 이름을 딴 반에서 나는 진심으로 행복했다. 마치 이제야 내가 있어야 할 자리를 찾은 듯.

　내가 학교에 부적응할 거라는 모두의 편견을 깨고 나는 여느 아이들처럼 괜찮은 학교생활을 했다. 개근상은 못 탔지만, 그림 대회는 한 번도 빠지지 않았다. 공부는 관심이 없었지만, 노는 데는 일가견이 있었기에 아이들도 나를 좋아했다. 그래서 내가 몸이 불편하다는 사실이 어느새 잊힌 것 같았다.

하지만 이런 일도 있었다. 나에게는 키가 큰 혜선이라는 단짝이 있었다. 혜선이는 4학년 때 같은 반이 되면서 가장 친하게 지냈다. 말괄량이 같은 나와 달리 공부도 잘하고 조용한 성격에 말을 참 예쁘게 했다.

하루는 담임 선생님이 나의 일기에 긴 코멘트를 달아주셨다. 특별할 일 없는 일기였는데.

'나는 예솔이의 손과 다리가 되어 주고 싶다. 수호천사처럼 지켜 주고 싶다.'

혜선이가 자신의 일기에 적은 내용을 선생님이 내 일기장에 그대로 써주신 거다. 혜선이는 나에게 한 번도 그런 말을 직접 한 적이 없었다. 늘 나와 함께했고, 가고 싶은 곳으로 내 휠체어를 밀어주었다. 나와 가장 많은 수다를 떨었던 친구다. 그런 혜선이의 진심이 그의 일기를 통해 느껴졌다.

'손과 다리가 되어 주고 싶다.'

어른들은 휠체어를 타는 어린 나를 보고 동정하며 안타까워하고 힘들 거로 생각했지만, 친구들은 내 휠체어를 때론 재밌는 놀이기구이고 내가 가진 특별한 액세서리로 여겼다. 굳이 의식하지 않아도 되는 나의 일부분으로 여겼다. 우리는 그렇게 같이 자랐다.

이렇게 여느 아이들과 다름없이 나를 대해 준 친구들.
그들이야말로 내 장애가 나의 전부가 아닌 부분일 뿐,
나는 나라고 담대하게 말할 수 있는 원천이 아닐까.

순수하게 있는 그대로

내가 지내왔던 유년시절…….

지금은 20년이 흘렀지만 여전히 장애 학생에 대한 우리 사회의 어두운 면들을 본다. 얼마 전 서울시에 발달장애인 직업학교 개교를 반대하는 주민들에게 장애 학생 부모들이 무릎을 꿇으며 호소한 사건이 있었다. 그러자 반대를 하는 주민들도 이에 맞서 장애 학생 부모 앞에 무릎을 꿇으면서, 일반 학생과 발달 장애 학생을 분리하는 게 '모두를 위한 길'이라고 주장했다.

그들은 '우리 아이들이 왜 발달장애인을 감당해야 하죠?'라고 크게 쓰인 팻말을 들고 있었다. 이어 뉴스 진행자가 우리 사회에 '배려'하는 훈훈한 이야기가 뉴스에 나올 정도로 우리가 각박한 사회에 살고 있는 건 아닌지 시청자에게 물으며 멘트를 마무리했다.

나도 모르게 주먹을 불끈 쥐었다. '장애 학생'과 '일반 학생'을 분리하는 게 모두를 위한 길이라는 주장이 과연 맞는 말인가.

어린 내 친구들은 나의 학교생활을 기꺼이 도와주었다. 3층에 있는 과학실을 가야 할 땐, 우리 반 남학생 네 명이 내 휠체어를 들고 1층에서부터 3층까지 계단을 올라갔다. 남자아이들은 이 '활동(?)'을 서로 하고 싶다고 했고, 급기야 내가 "오늘은 진욱이가 해줬으면 좋겠어"라고 도와줄 아이를 지명했다. 그러면 선택받은 아이는 그 활동을 무척이나 자랑스럽게 여겼다.

남자아이들 사이에선 '남자다운 멋진 모습'을 다른 친구들에게 보여줄 좋은 기회라고 여겼던 것 같다. 내 눈에도 교실에서 자기들끼리 유치한 말싸움을 하던 남자애들과는 분명 또 다르게 보였으니까.

남자아이들이 나를 번쩍 들고 계단을 올라가는 동안에, 내 여자 친구들은 나를 둘러싸면서 나와 눈을 맞추고 재잘거렸다. 그리고 다른 학급의 아이들 역시 우리의 그런 모습에 익숙했다. 내 친구들은 이렇게 나를 도와주면서 많은 것을 배웠을 것이다. 그들은 '배려'를 실천할 수 있는 자연스러운 상황에 놓였었고, 그것을 스스로 받아드렸다.

앞에 나왔던 뉴스로 다시 돌아가 보자. 어쩌면 어른들이 나서서 아이들에게 허락된 서로를 돌볼 수 있는 기회를 뺏어가고 있는 게 아닐까. 내가 경험한, 내 친구들이 경험한 소중한 추억을 지금 이 시대를 살아가는 어린 친구들도 갖기를 간절히 바란다.

또 거리를 걷다 보면, 휠체어를 탄 나를 빤히 바라보는 어린아이들을 만난다. 아이들은 알고 싶은 게 많아서 옆에 있는 엄마에게 큰소리로 묻는다.

"엄마 저 누나는 왜 저거 타는 거야?"

내 시선이 자동으로 그 아이에게 꽂히자, 민망한 듯 아이의 엄마는 애를 감싸 안으며 빨리 가자고 걸음을 재촉한다. 엄마 손에 이끌려 풀리지 않는 궁금증과 호기심을 가득 안고 떠나는 아이를 볼 때면, 나는 아이의 엄마가 자연스럽게 설명을 해주면 좋겠다는 생각을 한다.

세상에는 다양한 얼굴 생김새가 있는 것처럼 앞을 보지 못하는 사람들, 아기처럼 '유모차'같이 생긴 네 발 달린 차를 타는 사람들이 있다는 것을. 어른들이 아이들에게 잘 설명해 주었으면 좋겠다.

그러면 처음에 생소함은 곧 사라진다. 나와 다른 사람을 이해하게 되고, 같이 살아가는 법을 배우게 된다. 그것이 내가 유년시절 학교에서 공기처럼 배운 가장 소중한 가르침이다.

순수하게 있는 그대로 볼 수 있는 눈.
우리는 원래 갖고 있지 않았을까.

중학교 입학식이 잊히지 않는다. 아빠 차를 타고 교문 앞에서 내려 교실로 들어가는데, 2층과 3층 교실에서 언니들이 창문 밖으로 고개를 내밀고 함성을 질렀다. 이제 막 초등학교를 졸업한 신입생들을 향해 "병아리 같다, 완전 조그맣네, 엄마 젖 더 먹고 와라"를 외치며 자기들끼리 재밌어하며 놀려댔다. 신입생 무리 중에 휠체어를 탄 나는 눈에 잘 띄기 때문에 언니들이 나를 향해서 놀리는 것 같았다. 그래서 애써 그 소리를 못 들은 척 더욱 힘차게 휠체어 바퀴를 밀고 교실로 향했다.

나는 맨 앞에서 두 번째 줄 통로 쪽 자리에 앉았다. 이름순으로 앉았기 때문에 내 뒤에는 김유리라는 친구가 있었다. 유리는 만화를 섬세하게 그렸다. 나도 가방 속에 늘 가지고 다니는 그림 연습장을 꺼내서 옆 짝꿍에게 보여줬다. 짝꿍이 내 그림을 보고 환호성을 지르자, 반 아이들이 금세 내 자리로 모여들었다. 그동안 그려 왔던 그림이 빼곡한 연습장을 한 장씩 넘길 때마다 나는 아이들의 호감을 사는 것 같았다. 아이들은 이어서 자기도 그림 하나 그려주면 안 되냐고 부탁했고, 나는 특유의 친화력을 펼치면서 그러겠다고 했다. 이렇게 해서 입학식 하루 만에 반 친구들에게 '나'의 존재를 알렸다.

입학 전에 했던 모든 걱정이 사라지는 것 같았다. 정든 초등학교 친구들을 떠나서 새로운 친구들과 사귈 수 있을까? 아이들이 나를 보고 어떻게 생각할까? 설렘과 두려움이 동시에 들었다.

하지만 괜한 걱정이었다. 우리 반 아이들은 나만큼이나 개성이 뚜렷했다. 중성적인 이름과 어울리게 걸걸한 목소리를 가진 연재는 특기가 시 쓰기라며 자기소개를 했는데, 나중에 나에게도 시를 써서 선물해 주었다. 단짝인 다미는 선생님 앞에서는 조용하지만 친구들 앞에서는 개그를 쏟아 내는 재간둥이였다. 집안에서 앵무새 다섯 마리를 새장 밖으로 풀어 놓고 키우는 가영이의 교복에서는 언제나 새 냄새가 났다. 나는 그림을 잘 그리고 이야기를 재밌게 하는 이야기꾼 정도. 매일 쉬는 시간마다 틈틈이 내 머릿속의 재밌는 이야기를 옆 짝꿍이나, 앞자리에 있는 친구들에게 들려주었는데 그 이야기가 인기를 얻자 반 전체 아이들이 모여들기도 했다.

열네 살. 나도 사춘기였지만, 내 친구들은 고민이 있을 때면 나를 찾았다. 진아는 체구가 무척 아담하고, 환하게 웃으면 치아교정 보철이 반짝거리는 친구다. 점심시간이면 내 휠체어를 밀어주었고, 우리는 교정을 같이 돌면서 이야기를 했다. 주로 친구 관계에 대해 고민이 많았던 진아는, 비밀이라며 내겐 모두 얘기해 주었다.

나는 고민 상담이 즐거웠다. 내가 어떤 해결책을 내줄 땐 마치 어른이 된 것 같은 쾌감도 있었다. 그러나 대부분 잘 들어주는 것만으로도 진아는 스스로 고민을 해결했다.

　"너는 어딘가 모르게 사람을 끌어당기는 매력이 있어. 진짜 있어. 왠지 너에 겐 말을 걸고 싶고 이야기하고 싶어. 네가 어떤 것을 해준 게 아닌데, 너에게 말하고 나면 기분이 좋아져. 정말 너에게만 있는 특별한 능력인 것 같아. 고마 워 예솔아."
　진아는 허스키한 목소리로 천사같이 웃으며 말했다. 그 작은 체구로, 자기 몸보다 무거운 내 휠체어를 밀어주던, 자기의 고민을 다 털어놓고 나서 나에게 고맙다고 말하던 진아.
　나는 아무것도 해준 게 없는데,
　그 모든 게 나를 위해 예비 된 사람들 같았다.

마치 함께 뛴 것 처럼

점심시간이 끝나고 5교시 시작종이 울리자 아이들은 우르르 운동장으로 나
갔다. 내 주위를 둘러싸곤 와자지껄 수다를 떨던 아이들이 순식간에 빠져나가
는 체육 시간이 되면 나는 텅 빈 교실에 혼자 남는다.

아이들은 그런 나를 부러워했다. 체육활동 프로그램이 그렇게 재밌지 않았
고, 땀 흘리며 힘들게 활동했기 때문이었다. 체육 시간은 일주일에 세 번이 있
었고, 나는 그 시간을 빠질 수 있는 게 마치 특혜를 받은 것처럼 은근히 자랑스
럽게 여겼다.

친구들은 체육 시간동안 교실에 있는 내게 자기의 소중한 물건들을 맡기곤
했다. 한 달 급식비 봉투, 시계, 조금 비싼 액세서리. 그중에는 CD플레이어를 맡
기면서 god 오빠들 앨범을 꼭 들어보라고 했던 친구도 있다.

아이들이 맡기고 간 물건들로 가득한 내 책상 한쪽에서 나는 그림을 그리며

시간을 보냈다. 귀에 이어폰을 꽂고 연습장에 정성스럽게 그림을 그리다 보면 금세 시간은 흘렀다.

　조용했던 복도에서 하나둘씩 발걸음 소리가 들려오면 아이들이 오는구나 싶어 맘이 설렌다. 이내 친구들은 빨개진 볼을 하곤 숨을 헉헉 대면서 교실 문을 활짝 열어젖혔고, 나를 향해 환하게 웃음 짓곤 재잘대며 다가왔다.

　오늘은 피구를 했는데, 자기가 던지는 공을 다른 친구가 피하다가 웃기게 넘어졌다는 이야기를 마치 지금 내 눈앞에서 그려지는 것처럼 들려주었다. 이런저런 에피소드를 연신 맞장구를 치면서 듣다 보면 반 아이들이 어느새 교실 안으로 모두 들어왔다.

　상세한 그 날의 체육 시간 중계를 다시 보기 하듯이 듣고, 친구들의 땀 냄새가 교실 공기를 가득 채울 때면, 나도 마치 운동장에서 체육활동을 하고 있는 것처럼 느껴졌다. 친구는 한바탕 신나게 떠들고는 쉬는 시간이 끝나는 종소리가 울리고 나서야 급히 자기 자리로 돌아가 체육복을 벗고 교복으로 갈아입었다.

　나는 비록 체육활동은 못했지만, 그렇게 아이들과 같은 경험과 기억을 공유했다. 내가 외롭다고 느끼지 못했던 것은 그 어떤 친구도 혼자 교실에 남아있는 나를 안타까워하거나 동정하지 않았기에 가능했다.

　슬픔은 어쩌면 학습된 결과 일 수 있다. 이들 사이에서 나는 유일한 장애인이었지만, 장애와 비장애를 나누는 것이 아이들과 나의 개념 속에는 전혀 중요하지 않았기 때문에, 철없이 서로를 놀리기도 하고 함께 웃으며 지낼 수 있었다.

내가 조금 더 미술이 아닌 체육활동에 꽂혔더라면, 운동장에 나가서 또 어떤 나만의 방법으로 체육활동을 했을까 상상해 본다. 아이들이 내 휠체어를 밀면서 달리기 경주를 했을까? 피구의 경기 규칙을 나에게도 맞게 수정해서 경기하지 않았을까?

만약에 그랬다면, 우리만의 추억이 하나 더 생겼겠지.

세상은 어떻게든 나를 강하게 하고
평범한 불행 속에 살게 해
고독하게 만들어 널 다그쳐 살아가
매일 독하게 부족하게 만들어 널 다그쳐 흘러가

「Track 9」, 이소라

2장
매일
독하게
부족하게

아픔으로부터 출발

면접관이 마지막 질문을 했다.
"살면서 가장 힘들었던 적이 있다면, 언제였나요?"
나는 순간 머릿속이 새까매졌다.
'나에게 힘들었던 적이 있었나……'

대학 4학년 여름 방학, 본격적으로 취업을 고민하던 즈음 나에게 첫 면접기회가 생겼다. 모 대기업 신입사원 채용이었다. 준비한 것을 자신 있게 발표했지만, 면접관들은 내 발표에는 그다지 관심이 없어 보였다. 그래도 나는 필사적으로 임했고, 발표에 대한 질의응답을 하고, 무난하게 첫 면접이 끝나가는 줄 알았다. 그런데 마지막 질문에 말문이 막혔다.
내 인생에 가장 힘들었던 순간…… 글쎄…… 힘든 적이 없었다고 해야 할까. 짧은 순간 고민에 빠졌다. 힘든 적이 없다고 하면 거짓말처럼 들릴 것이다. 그런데 그런 기억이 잘 생각나지 않았다. 면접장에는 잠시 침묵이 흘렀다. 그리고 나는 기억을 더듬어 보았다. 뭐라도 생각해 내야 했기에.

그때 한 장면이 떠올랐다. 내 입술이 움직였다. 면접관들은 그제야 면접시간 중 가장 관심 있는 얼굴로 말없이 나를 응시했다.

"특별히 힘들었던 것이 바로 떠오르지 않았습니다. 그런데 가장 힘들었을 일이라면 제가 열여섯 살이었을 때 일입니다. 중학교 3학년 가을이었습니다……" 라고 시작한 나의 이야기는 두서없이 장황하게 나왔고, 이야기하는 내내 그 당시 감정이 북받쳐서 표정을 조절할 수 없는 지경에 놓였다. 나를 보고 있는 면접관들의 얼굴을 보니 질문을 괜히 했다는 난감한 표정이었다. 나는 그렇게 첫 면접을 망치고 말았다.

면접이 끝나고, 대학교 기숙사에 돌아와 펑펑 울었다. 부모님은 나의 첫 면접을 나보다 더 많은 기대 했지만, 애써 첫 면접으로 만족할 수 없다고 위로해 주었다. 사실 나는 면접을 망쳐서 슬프지 않았다. 나도 모르게 아픈 기억이 떠올라서 주체할 수 없이 슬펐다. 사람들 앞에서 나의 부끄러운 과거가 드러난 것만 같아서 속상했다.

그 기억이란 한창 예민하고 외모에 집착하던 내 나이 열여섯, 사춘기가 태풍같이 찾아왔을 때 있었던 일이다. 엄마는 내 척수 장애가 2차 성징에도 영향을 줄 것이라 짐작했지만, 나는 걷지 못할 뿐 또래의 신체 리듬에 맞게 몸이 여성스럽게 성숙해졌고 사춘기가 왔다. 그리고 훌쩍 커버린 키와 함께 심한 척추 측만증이 생겼다. 척추 측만증은 허리가 옆으로 휘는 병으로 성장기 청소년들에게 흔히 발병하는 것으로 알려져 있다. 나는 허리를 지탱해 주는 근육이 약해서 이 측만증이 짧은 시간에 급격하게 진행되었다. 겉으로만 봐도 오른쪽 등허리가 쑥 들어가고 왼쪽 갈비뼈가 앞으로 돌출되었다. 또한 장시간 앉아있기가 무척 힘들었다.

두 시간을 연속으로 앉아있을 수가 없을 정도로 허리통증이 무척 심했다. 부모님은 이러한 허리통증이 장애로 인한 어쩔 수 없는 신체 변형 때문일 거로 생각했고, 허리가 아프다고 하면 열심히 주물러 주는 것밖에 해줄 수 있는 게 없었다. 참을 수 없는 통증도 괴로웠지만, 거울에 비친 기하학적인 내 몸을 보고 싶지 않았다.

그런데 친구 정은이가 여름 방학을 이용해서 척추 측만증 수술을 받기로 했다는 이야기를 들었다. 정은이와 같이 복도를 지나가는 데 우연히 마주친 미술 선생님이 "정은이 허리가 많이 휘었네!"라고 말씀하셔서 나는 정은이도 허리가 조금 휘었나 생각했었다. 그런데 서울에 있는 대학병원에 갔더니 수술을 받아야 하는 상태라고 했다는 것이다. 수술을 받지 않으면 휘어진 척추뼈가 폐를 눌러서 호흡하는데도 문제를 일으킬 수 있다면서. 나는 그때야 이 병이 무서운 줄 알게 되었다.

여름 방학이 끝나고 개학식 날 만난 정은이는 눈에 띄게 달라졌다. 이전과는 다르게 허리가 반듯해졌고 걸을 때도 어깨가 한쪽으로 내려오지 않았다. 또한 표정도 한층 더 밝아진 것이 수술하기 정말 잘했구나 하는 생각이 들었다.

성공적인 수술 케이스를 보니, 나도 어쩌면 가능하지 않을까 하는 희망을 갖게 됐다. 나도 반듯한 허리를 갖고 싶었다. 그래서 곧장 집으로 가서 부모님에게 수술의 필요성을 전했다. 부모님도 혹시 치료할 수 있을까 하는 마음으로 병원에 가보자고 했다. 서울의 대학병원을 가려면 먼저 가까운 지방대학병원의 진단서가 필요했기에, 아빠와 나는 먼저 근처 대학교병원 정형외과 의사를 찾아갔다. 엑스레이를 찍고 진찰실에 들어갔다. 담당 의사는 엑스레이를 확인한 후 나와 아빠 얼굴을 한 번씩 번갈아 보곤 말했다.

"너무 심한 척추 측만증이네요. 아버지 되십니까?"

"네."

"이 정도 증상은 수술하기 어렵습니다. 우리가 60도 정도 휘어지면 수술을 권장하거든요. 그런데 이 환자는 지금 120도나 휘어진 상태라 수술이 불가능해요."

나는 대답했다.

"삼성서울병원에서 이 수술을 잘한다고 들었어요. 거기선 할 수 있지 않을까요?"

교수가 나의 질문에 어처구니가 없는 표정을 지었다. 그러더니 아빠를 보고 말을 이었다.

"수술? 할 수야 있지. 그런데 수술하다가 죽을 수 있어요. 그럴 확률이 너무 큰데 뭐하러 수술을 시킵니까? 서울에 있는 상계백병원에 석세일 박사라고 있는데, 그 양반은 이런 케이스도 수술합니다만, 모두 성공한다고 할 수 없어요."

그리고는 잠시 뜸을 들이다가 아빠 옆에 있는 내 얼굴을 바라보며 다시 말을 했다.

"이런 사회에 도움이 안 될 사람을 수술시켜놓은들, 또 운 좋게도 그 수술이 잘된 들 무슨 소용입니까. 제 가족 중에도 장애인이 있어요. 사촌 형님이 장애인입니다. 그 형님도 오늘내일 아무 희망 없이 누어만 있어요. 그런데……"

'내가 사회에 도움이 안 되는 사람이라고?'

눈앞이 멍했다. 그러나 그 의사는 청산유수처럼 이야기를 이어갔다. 자기 가족 중에 장애인이 있기 때문에 우리 처지를 잘 이해한다는 내용이 반복되는 것 같았다. 나는 두 눈의 초점을 허공에 두고 껌뻑이기만 할 뿐, 얼음처럼 몸이 굳어 움직여지지 않았다. 아빠의 얼굴도 바라볼 수가 없었다. 아빠와 나는 의사의 이야기를 끝까지 들어야 했고, 이내 뭔가를 꾹 삼키며 아빠는 말했다.

"네. 잘 알았습니다. 무슨 말씀인지 알겠습니다."

그리고 나를 데리고 그 자리에서 도망치듯 나왔다. 나를 차에 태우고 집에 돌아오는 동안 아빠는 아무 말도 하지 않았다. 나 또한 그 어떤 말도 할 수 없었다. 좀 전에 들었던 의사의 말이 내 귓속에 계속 맴돌았다. 나는 수술도 못 하고 이런 괴물 같은 모습으로 평생 살아야 한다고 선고받은 기분이었다. 집에 돌아와 곧장 내 방으로 들어가 한참을 펑펑 울었다.

'수술한 들 무슨 소용이냐고? 자기가 수술 못 하니까 그렇지. 무능력한 의사 같으니. 근데 왜 이렇게 서럽지. 내가 왜 그런 말을 들어야 하지? 수술이 어렵다고만 하면 되잖아. 내가 자기 사촌 형이랑 같아? 쓸모없는 인간이라고? 진짜 나는 그런 걸까?'

장애를 가지고 살면서 힘든 것이 무엇이냐고 누군가 묻는다면, '장애'라는 까다로운 존재 자체가 아니다. 보이지 않는 한계점들을 내 머리 위, 발아래, 두 팔 옆으로 점찍어 놓고 보이지 않는 선으로 촘촘하게 묶어 나를 그 밖으로는 못 나오게 할 때이다. 마치 『걸리버 여행기』에 나오는 거인을 묶은 것처럼.

나에게는 문제가 되지 않는 일을 사람들은 종종 과도하게 우려했고, 쉽게 '불가능'하다고 단정 지었다. 나는 그게 너무 힘들었다.

방에 들어가 집안이 떠나갈 듯 울고 있는 딸, 어두운 얼굴로 거실에서 입을

굳게 다물고 있는 아빠. 엄마는 대체 병원에서 무슨 일이 있었느냐고 아빠를 재촉했고, 그제야 아빠가 병원에서 있었던 일을 엄마에게 이야기했다. 그 소리가 문틈으로 들렸다.

"내가 그 자식 얼굴에 주먹을 갈기고 싶었어. 진짜 다 뒤집어 버리고 싶었어. 그런데 참았어. 다음에 예솔이가 그 자식 진료를 받을 수밖에 없는 상황이 있지 않겠어?"

나의 고향은 정말 작은 도시이다. 식당을 하는 부모님에게는 사람이 곧 재산이었다. 혹시 소문이라도 잘 못나면 큰일이었다. 그리고 장애를 가진 딸에겐 언제든지 병원 응급실행이 따라다닐 것을 알기에 아빠는 할 수 없이 분노를 억누르고 그 의사의 말을 듣고 있을 수밖에 없었을 것이다. 의사 앞에서 아빠의 침묵을 나는 그렇게 이해하고 싶다.

이 일이 일생일대 가장 억울하고 슬픈 일이었다. 방문을 걸어 잠그고 베개에 얼굴을 파묻고 집안이 떠나갈 정도로 소리를 내며 울었다. 그 소리를 들으며 엄마와 아빠는 얼마나 속상했을까. 그때는 나의 슬픔이 너무 커서, 부모님의 감정까지 헤아릴 여력이 없었다. 나는 그날 울면서 아주 굳게 다짐했다.

'그 의사 코를 반드시 납작하게 해줄 거야. 내가 얼마나 이 사회에 도움이 되는 사람인지 꼭 보여줄 거야. 그 의사에게 자기가 한 말이 엄청난 실수였다는 걸 기필코 알려주고 말 거야.'

그러자 눈물이 뚝 멈췄다. 그 이후로 어떤 일이 있어도 다시는 울지 않겠다고 거울을 보며 약속했다. 울고 좌절해 있는 시간이 너무 아까웠다. 가만히 앉아 누군가 나를 도와주기를 기다릴 수는 없었다. 인터넷을 통해서 '척추 측만증'을 공부하기 시작했다. 그리고 나를 수술해 줄 의사를 찾아야만 했다. 나는 정은

이가 수술받았던 삼성서울병원 사이트를 샅샅이 보았고, 담당 주치의 이메일 주소를 찾았다. 그 의사에게 나의 병력과 꼭 수술을 받고 싶다는 간절함을 담아 이메일을 보냈다. 1주일 후 의사에게 답장이 왔다.

'외래진료를 간호사에게 말해 두었으니, 한번 봅시다.'

그 의사의 진료를 예약하려면 3개월을 기다려야 했는데, 바로 진료해 준다니 나의 편지가 그분의 마음을 움직인 것 같았다. 나는 기쁜 마음에 바로 아빠에게 말했다. 그러나 아빠의 반응은 차가웠다.

"수술하면 죽는다는데, 수술할 수 없다는 데 뭐하러 서울에 가."

"수술할 수도 있지. 한번 진료만이라도 받을 수 있는 것 아니야?"

나는 간절히 아빠에게 매달렸다. 하지만 아빠는 무의미한 노력이라며 강하게 반대했다. 아빠가 나와 함께 기뻐할 줄 알았는데, 가장 가까운 아빠의 반대에 부딪혔다.

아빠는 딸을 잃고 싶지 않았던 것이리라. 온전하지 않은 몸이라도, 숨을 쉬고 옆에 있는 것이 더 낫다고 생각했을 것이다.

그러나 나는 달랐다. 이렇게 비뚤어진 몸으로 살고 싶지 않았다. 방법이 없었다면 받아들이기 쉬웠을 텐데, 될지 안 될지 더 노력도 안 해보고 포기하는 것은 아니라고 생각했다. 확실히 나는 수술이 잘될 거로 믿었다. 그때 나에겐 주위의 걱정과 염려만 있었고, 수술을 해주겠다는 의사도 없었다. 나와 같은 케이스를 성공한 사례도 보지 못했다. 하지만 나는 믿었다. 반드시 잘되어야 했다.

아빠의 반대로 삼성서울병원의 외래 진료는 갈 수 없었다. 나의 수술 문제를 놓고 의사에게 마음에 상처를 받은 아빠와 엄마가 받아들이려면, 나는 나의 믿음을 뒷받침해 줄 만한 근거가 필요하다고 생각했다. 나는 한 달여간을 전국의 병원 사이트, 의학 관련 TV 프로그램을 뒤졌다. 비로소 우리나라에 '척추측만증' 수술의 세계적 권위자가 있다는 것을 알게 되었다. 언론에는 거의 노출되지 않아 금세 발견할 수 없지만, 척추 전문 정형외과 의사들 사이에서 그분은 이미 범접할 수 없는 경지에 다다른 의사였다.

그러고 보니, 나 같은 사람을 뭐하러 수술을 시키냐고 했던 그 의사도 이 분을 언급했던 것이 기억이 났다. 석세일 박사님. 나는 지체할 이유가 없었다. 석 박사님을 찾아가야만 했다. 나는 다시 내 병력을 적고, 간절히 진료를 받아보고 싶다는 내용의 이메일을 석 박사님께 보냈다. 며칠 후 너무나 간결한 답장이 왔다.

'다음 주 화/목 외래진료가 있으니, 전화 예약하여 방문하기 바랍니다.'

뛸 듯이 기뻤다. 그러나 이번에는 아빠에게 다른 방법으로 설명해야 했다. 나는 차분히 자료 조사한 내용과 석 박사님에 대한 언론과 척추전문의 사이에서의 명성을 이야기했다. 그리고 박사님에게 직접 연락을 했더니 오라고 했다고 쐐기를 박았다. 논리적인 설득에 아빠로서도 반대할 여지가 없었다. 아빠는 이번엔 나의 주장에 못 이기는 척 서울행에 따라나서 주셨다.

석 박사님이 있는 상계백병원을 가는 아빠의 차 안에서, 나는 여러 가지 생각으로 복잡했다. 호기롭게 수술할 수 있다고 집을 나섰는데, 정말 가능할까. 석 박사님은 나를 보고 뭐라고 하실까. 어려웠던 케이스도 많이 수술해 본 분이니까 나를 치료해 주실 거야. 아니야. 지역 대학교병원 교수 말대로 내가 장애인이라고 수술할 필요가 없다고 하면 어떻게 하지. 부정과 긍정을 왔다 갔다 하는 사이 우리는 어느새 병원에 도착했다.

상계백병원 2층 척추센터.

대기하고 있는 많은 환자가 줄을 서서 자신의 차례를 기다리고 있었다. 앳된 얼굴에 휠체어를 타고 있는 나에게 일제히 시선이 향했다. 진료실 1, 2가 있었는데, 간호사는 나와 아빠를 진료 1실로 안내했다. 들어가자 20대 후반으로 보이는 레지던트가 모니터에 나의 척추뼈 엑스레이 사진을 띄어 놓고, 그 위를 마우스로 클릭하면서 여러 번 선을 그었다. 무언가 계산하는 듯이 보였다. 동시에 나에게 병력을 물으며 바삐 차트에 쓰고 있었는데, 진료 2실과 연결된 커튼이 열리면서 석세일 박사님이 들어오셨다. 새하얀 머리카락이 입고 있는 가운과 무척 잘 어울렸다. 매우 인자한 할아버지 같은 인상이었다. 박사님 뒤에는 젊은 의사와 나이든 의사 여럿이 따라 들어왔다. 석 박사님이 책상 앞에 앉자, 레지던트가 차트에 썼던 나의 병명을 영어로 읊었다. 동시에 석 박사님도 내 척추뼈 사진 위에 선을 여러 번 그었다.

레지던트의 말이 끝나자, 아빠는 석 박사님에게 말했다.

"박사님께서 척추 측만증에 있어서는 세계적 권위자라고 듣고 멀리서 왔습니다. 제 딸이 수술할 수 있습니까?"

아빠의 말이 군더더기 없이 깔끔했다.

석 박사님이 말했다.

"힘든 경우이긴 해. 120도 휘어졌으니. 110도 수술을 해봤는데, 이번 케이스는 내가 본 것 중에 가장 심한 경우야. 그런데 해보자고. 해봅시다. 지금 가장 불편한 게 허리통증이라고 하지만, 수술을 안 하면 점점 이 뼈들이 폐와 장기들을 압박해. 그러면 더 큰 문제들이 생겨. 호흡이 제일 문제가 될 거야. 못 걷는다고 해도, 앉아있을 때 두 손을 바닥에 대고 앉을 수 있어야 하잖아. 지금은 몸이 휘어지니까 한 손으로 바닥을 지탱해야 하고."

박사님은 잠시 말을 멈추곤 나를 보며 물으셨다.

"너 학교 다니니?"

"네"

"언제 방학하니?"

"12월부터 2월까지 해요."

박사님이 짧게 말씀하셨다.

"수술을 12월 말로 잡읍시다. 수술하기 일주일 전에 입원하라우. 나머지는 김 선생이 안내해."

그리고는 벌떡 일어나 다른 환자를 진찰하기 위해 진료 2실로 가셨다.

나의 걱정이 한 번에 사라졌다. 너무나도 명쾌한 대답. 할 수 있을 거야라는 애매하고, 아무런 해결책도 안 되는 말이 아니었다. 해보자. 해보자. 해봅시다. 아빠와 엄마도 나와 같이 명쾌해졌다. 우리는 수술을 준비하기로 했다.

열여섯 살의 다짐이 내 인생을 또 한 번 바꿔놓을 줄 그때는 알지 못했다.

지옥의 12시간

중학교 3학년 겨울 방학과 동시에 나는 서울 상계백병원에 입원했다. 돌아보니 그 나이가 쉽게 무시하면 안 되는, 엄청난 에너지와 가능성 그 자체였다. 하나도 무섭지 않았다. 수술 후에 멋진 허리를 가질 수 있음이 기대되고 행복했다. 크리스마스 즈음 입원을 했는데, 나에겐 이 수술이 크리스마스 선물과 같았다. 그러나 나와 함께 이 크리스마스를 병원에서 맞이한 엄마에게는, 다시는 겪고 싶지 않았던 수술이었다고 두고두고 이야기한다. 고난의 크기를 미리 알 수 있다면 절대 선택하지 않을 길이 있다.

영화 「포레스트 검프」에는 다음과 같은 대사가 나온다.
"인생은 초콜릿 상자야. 뚜껑을 열기 전까지 어떤 맛이 있을지 아무도 모르지."
뚜껑을 열어보니 수술은 그렇게 행복한 과정이 아니었다.

수술대에 오르기 하루 전날 밤. 아빠는 익산에서 내 수술을 보기 위해 병원에 왔다. 정확히 말하면, 수술동의서에 서명하기 위해 온 것이다. 늦은 밤 병상에서 간호사는 내 양팔에 여러 가지 주삿바늘을 꽂으며 수술 전 주의사항을 설명해 주었다. 그러는 사이, 아빠와 엄마는 담당 주치의를 만나고 한참 후에서야 병실로 돌아왔다.

엄마의 눈 주위가 빨간 것이 운 것 같아 보였다. 그리고 엄마는 침대 옆으로 다가와 기도하자고 했다. 내 손을 잡은 엄마의 손이 따뜻했다. 엄마의 기도 내용이 잘 기억이 나지 않는다. 그저 육감적으로 수술 동의서에는 내가 수술 중 사망해도 문제를 제기하지 않겠다는 내용이 있었을 것이고, 그 종이에 서명하고 왔으리라 짐작만 할 뿐이었다. 뒤돌아서서 아무것도 없는 병실의 하얀 벽을 바라보고 있는 아빠의 뒷모습, 내 손을 꼭 잡으며 하나님께 맡겨드린다는 엄마의 기도가 그랬다.

나에게 그 밤은 참으로 짧았다. 잠이 오지 않는 밤이었다. 잠시 눈을 붙인 나는 새벽 5시 즈음, 간호사가 병실에 다녀간 소리에 깼다. 몸을 일으켜 앉아서 주변을 둘러보니 엄마는 보호자 침대에서 새우잠을 자고 있었다. 나는 조용히 침대 위 천장을 바라봤다. 가슴이 두근거리기 시작했다. 바로 어제까지만 해도 담담했는데, 갑자기 무서운 생각이 들었다. 내가 수술 방을 나와서 다시 눈을 뜰 수 있을까? 엄마를 다시 볼 수 있을까? 두려웠다.

그때 수술을 받으러 서울로 올라오기 전 나를 위해 기도를 해주시던 김은자 목사님께서 알려주셨던 성경 구절이 생각이 났다. 나는 성경을 펼쳤고 그 구절을 읽었다.

"두려워 말라 내가 너와 함께 함이니라 놀라지 말라 나는 네 하나님이 됨이니라 내가 너를 굳세게 하리라 참으로 너를 도와주리라 참으로 나의 의로운 오른손으로 너를 붙들리라"^{사 41:10}

이 짧은 구절을 읽고 또 읽었다. 두려웠던 마음이 걷히고, 이 말씀대로 나를 도와주시기를 기도했다. 처음으로 하나님께 간절히 기도했다. 의사 선생님의 손을 통해서 하나님께서 치료해 주시기를 기도하면서 하나님과 거래도 잊지 않았다.

'저를 치료해 주시면, 제가 예수님을 믿지 않는 제 친구 현희를 꼭 교회에 데리고 올게요. 그리고 앞으로 주님을 위해서 살게요.'

죽음의 문턱에 서면 깨달아지는 것들이 있나 보다. 삶에 대해 초연할 줄 알았는데, 그렇지가 않다. 당장 아쉬운 것이 너무나 많았다. 다시 눈을 뜰 수 있다면, 나에게 맡겨진 삶의 목적을 발견하고 꼭 이루겠다고, 그것을 이루기 전에는 죽고 싶지 않았고, 하나님도 나를 데려가지 않으실 것 같았다.

아침 8시. 수술실로 이동하는 침대가 병실에 들어왔다. 이른 아침이었지만, 서울에 사는 고모와 고모부가 오셨다. 초록색 가운을 입고, 주렁주렁 링거를 달고 이동 침대에 누워서 수술실까지 가는 상황이 의학 드라마에서 보던 장면과 똑같았다. 병원은 눈부시도록 하얗고 밝았다. 그때 내 눈에는 하얀색 병원 천장만이 보였는데, 이따금 이동 침대에 딱 붙어서 나를 내려다보는 엄마의 애가 타는 얼굴도 보였다.

나는 새벽에 혼자 눈물을 삭혔던 덕분일까. 눈물이 나지 않았다. 수술실 문 앞에 도착했을 때, 엄마 아빠도 내게 웃으면서 조금 이따가 보자고 했다. 수술실 문이 닫히고 나는 혼자 남겨졌다.

수술실 자동문을 사이로 딱 두 걸음 거리에 가족과 떨어져 있었다. 그때부터 눈물이 **뺨**을 타고 주르륵 흘렀다. 소리 없이 눈물이 계속 났다. 정말 혼자서 감당해야 할 일이 인생에는 너무 많구나 생각했다. 조금 지나 레지던트가 와서 나의 침대를 끌고 긴 통로를 지나 초록색 방에 데려갔다. 눈이 부실 정도로 밝고 둥그런 수술대 조명 밑에 나를 옮기고는, 초록색 가운을 입은 의사가 하얀색 주사기를 가져왔다.

그리고 물었다.

"환자분 성함이 어떻게 되죠?"

"김예솔이요"

"김예솔 님, 혈액형이 어떻게 되죠?"

"A형이요."

"나이가 몇 살이죠?"

"열여섯 살이요."

"자, 이제 잠이 올 거예요. 같이 숫자 세는 거예요. 하나 둘 셋."

그리고 흰 주사기의 약이 줄을 타고 손으로 들어오는 게 보였다.

"하나, 둘, 셋……"

눈을 뜨고 엄마의 얼굴을 본 것은 그로부터 15시간 후였다. 목뼈부터 꼬리뼈까지 나사로 고정하는 척추 고정술이 애초 6시간을 예상했는데 12시간이 지나서야 끝났고, 수술이 끝난 후 마취에서 깨지 못해 중환자실에 있어야 했다.

정신이 들자 코에는 산소호흡기가 있었고 상체가 발가벗겨진 채로, 가슴, 배, 허리에는 주삿바늘에 피 주머니들이 주렁주렁 달린 것이 보였다. 정신은 생각보다 말짱했다. 마치 긴 잠을 자고 나서 머릿속의 생각들이 모두 휴지통에 들어간 것처럼 백지 같았다. 그런데 입이 바싹바싹 말랐다. 허리에는 강력한 철

판을 부쳐놓은 것처럼 움직여지지 않았다. 다행히 원래 움직였던 팔은 내 맘대로 움직일 수 있었다. 고개를 살짝 드니, 검은색 테두리의 시계가 밤 열 시 반을 가리켰다. 마취에서 깨어난 후 비로소 엄마 아빠가 면회할 수 있었는데, 중환자실이라 10분간만 허용됐다.

"예솔아"

내 이름을 부르며 다가오는 엄마의 얼굴이 밝았다. 수술이 잘 되었다는 걸 알 수 있었다. 엄마는 내 얼굴이 너무 많이 부었다며 이 모습을 꼭 찍어놓고 두고두고 놀려줘야 한다는 농담도 했고, 나는 그렇게 웃고 있는 엄마가 살짝 야속했다.

면회 시간이 끝나고 엄마는 내일 다시 오겠다며 잘 자라고 하고 떠났다. 나

는 또 혼자 남겨졌다.

사실 중환자실은 나 혼자가 아니긴 했다. 분명히 한밤중인데도 이곳은 낮처럼 밝게 불을 켜져 있었다. 그리고 세 가지 종류의 사람이 있었다. 정신이 있는 환자, 정신이 없는 환자, 마지막으로 부산히 움직이는 간호사.

내 양옆에는 정신이 없는 환자가 있었다. 왼쪽에 있던 아저씨는 심하게 발작을 해서 침대에 몸이 묶여 있었다. 그리고 알 수 없는 소리를 질러댔다. 내 오른쪽 침대에 있던 남자 환자는 웃통이 벗겨진 채로 침대에 온몸이 묶여있었는데 그 사람은 간호사를 향해 욕을 하면서 침을 뱉었다. 간호사들은 대꾸하지 않고 바삐 움직이며 일했다. 나는 정신이 있는 환자였다.

정신이 있으니, 이곳이 지옥이구나 생각했다. 입이 바짝바짝 마르고, 한 평 남짓의 침대 위에 누워 밤새 다른 환자의 괴성을 들으며 꼬박 뜬 눈으로 보낸 중환자실에서의 첫날 밤이었다.

시계의 시침이 숫자 7에 다다르자, 중환자실 문밖으로 분주한 발걸음 소리가 들리기 시작했다. 석 박사님과 의료진들이 우르르 내게 다가왔고, 나의 상태를 체크하시고 내게 말했다.

"수술은 아주 잘 되었단다. 30도만 남겨 놓고 다 폈어. 척추뼈 두 마디 뺐는데, 신경도 안 다치고 무척 잘 됐어."

그 말에 나는 다른 대답을 했다.

"박사님, 저 여기 싫어요. 일반 병실 보내 주세요…… 빨리 보내 주세요……."

그러자 박사님이 빨리 일반 병실로 보내 주라고 지시를 내렸다. 원하던 수술이 성공적으로 됐다는데, 나는 다시 생각했다.

'이렇게 고통스러운 거였다면 하지 않았을 거야…….'

적과 친구 되기

나는 엉덩이에 500원짜리 동전만 한 크기의 욕창을 달고 살았다. 처음엔 뾰루지처럼 붉게 올라온 염증이 단 하루 만에 곪아서 그 구멍이 파이기 시작하면 금세 상처가 주변으로 퍼지고 만다. 심할 때는 엉덩이뼈가 보일 정도로 깊게 파이기도 했다. 그래서 그렇게 되기 전에 항생제를 먹고 엉덩이가 바닥에 닿지 않도록 엎드려있어야 한다. 욕창이 누그러질 때까지는 족히 한 달은 걸렸다. 작은 욕창은 늘 달고 살았기에, 속옷에는 언제나 상처 크기만한 진물이 동그랗게 묻어있었고, 그래서 학교에 갈 때를 제외하곤 누워서 생활해야 했다. 밥도 누워서 먹고, 숙제도 누워서 했다. 그렇지 않으면 균이 체내로 들어와 생명을 위협할 정도로 욕창은 무시무시했다.

보통의 사람들은 엉덩이가 아프면 무의식적으로 자세를 바꾸지만, 나는 그러한 통증을 못 느끼기 때문에 한 자세로 온종일 있다 보니 엉덩이 피부가 압박돼서 조직이 무너져 욕창이 생기게 된다. 하체에 감각신경이 전혀 작동하지 않기 때문에 뜨거움, 차가움, 찌르는 아픔 또한 느낄 수 없다. 그러니 아픔을 안다는 것은 굉장한 축복이다.

고통은 전혀 없는데 누어만 있어야 하는 것도 고역이라면 고역이었다. 나는 그 시간 동안 인내의 훈련을 받았다. 욕창이 심해지면 모든 것이 '일시 중지'된다. 학교도 가지 못했고 친구를 만날 수도 없었다. 조용히 집에 있기를 좋아하는 집순이가 아니었던 나는 수도사의 금언 수행처럼 '이동 금지'의 수행을 하면서 인내의 시간을 지내야 했다. 꼼짝없이 한 평의 이불 위에서 누어서.

집에서 욕창을 치료할 수 없을 때는 피부이식 수술을 받았다. 중학교 2학년 여름, 엉덩이에 욕창이 심해지더니 열이 떨어지지 않았다. 성형외과 의사는 입원 후 수술해서 집중치료를 하는 게 좋겠다고 했다.

학기 중 갑자기 병원생활이 시작 되었다. 집에서 누워있을 때보다 병실은 더욱 지루했다. 엄마는 내가 입원을 했을 때도 식당 일 때문에 곁에 있을 수 없었다. 그래서 간호사와 의사에게 나를 전적으로 맡겼다. 대신 식당 문을 닫은 밤엔 매일 찾아와서 내가 원하는 만화책을 한 꾸러미 배달해 주는 것으로 외로움을 보상해 주었다. 그때 정말 많은 만화책을 섭렵했다.

하루는 중학교 2학년 담임을 맡으셨던 백화영 선생님께서 어린 딸과 함께 오셔서 심심할 때 읽으라며 책을 선물해 주신 적이 있었다. 선생님은 "어쩌다 엉덩이에 종기가 났어"라고 물으셨는데, 나는 '욕창인데……, 종기처럼 위생적이지 못해서 생기는 병이 아닌데……'라며 속으로 중얼거렸다.

그런 병원생활을 매년 한 번 씩 치렀다. 거울에 비친 썩은 피부가 징그럽기도

했지만, 그보다 밖에 나가서 놀지 못하는 게 더 힘들었다. 나는 욕창의 구속에서 하루빨리 해방되기를 원했다.

욕창과 이별은 고등학교를 들어가면서다. 중학교 3학년 때 상계백병원에서 허리 수술을 받는 동안 엄마는 우연히 욕창 방지용 방석이 있다는 것을 알게 되었고, 수소문 끝에 미국에서 수입한 고가의 방석을 샀다. 그 방석을 사용한 후로 지금까지 나는 한 번도 욕창이 생기지 않았다. 이 방석이 나에게는 마법의 방석과 같다. 이렇게 효과 만점의 방석을 진즉에 알았더라면, 숱한 인내의 시간은 없었을 것 같다.

중학교 졸업 후 한참 지나 성인이 되어 백화영 선생님을 다시 찾아뵈었다. 선생님과 맛있는 저녁을 먹으면서 옛이야기를 하나씩 꺼냈다. 문득 선생님을 따라 병문안을 왔던 꼬마 숙녀가 생각나 잘 지내는지 물었더니 벌써 고등학교 2학년이 되었다고 하셨다. 선생님은 이어 그 당시 병실을 떠올리며 이야기하셨다.

　　"내가 병문안을 가니까, 네가 침대 위에 엎드려서 책을 읽고 있더라. 그런 고독의 시간이 지금의 너를 만든 게 아닐까? 네가 스스로 공부하고, 이렇게 혼자 독립할 수 있는 힘을 기를 수 있었던 시간 말이야."

　　선생님의 눈빛에서 어머니의 측은함이 담겨있었다.

　　욕창과 진물은 내 친구였다.

　　제발 떨어졌으면 했던 질척이는 친구.

　　세 번의 성형수술을 받게 했던 요물.

　　아직 그 친구의 흔적은 피부에 고스란히 남아있다.

　　이젠 내 몸과 하나가 되어버린 수술 자국이

　　세상에 둘도 없는 훈장처럼

　　자랑스럽다.

수술 후 찾아온 도전 거리

석세일 박사님은 나의 수술 케이스를 논문으로 발표했고, 해외 의학술지에 등재되었다고 한다. 나의 삶도 성공적으로 바뀔 것 같은 좋은 예감이 들었다. 실제로 180도 달라졌다.

2003년 12월 말에 수술을 받고 한 달 동안 입원치료 하고 나니 고등학교 입학식이 다가왔다. 나는 예쁜 교복을 맞추고 설레는 마음으로 개학을 기다렸다. 그 당시 개학을 앞두고, '반 배치 고사'라는 이름으로 예비 1학년 학생들이 시험을 치르도록 했다. 학생들의 성적을 미리 파악하기 위한 '비공식적인' 시험이 있었다. 시험을 치르고 입학한 지 일주일이 지났을 때 느닷없이 미술 선생님이 나를 불렀다. 미술 선생님은 자신의 작업실에 나를 데리고 갔다. 그 방에 들어서자 대형 초상화가 이젤 위에 있었는데, 학교 재단 이사장님의 얼굴이었다. 자리에 앉자마자 미술 선생님은 단도직입적으로 이야기했다.

"너 서울대학교 준비해 볼 생각 없니. 이 성적이라면 가능할 것 같아. 이번 반 배치 고사를 보니까 성적이 나쁘지 않더라."

서울대학교라니? 한 번도 생각하지 못했던 옵션이다. 선생님은 계속 말을 이었다.

"서울대학교에는 '장애인 특별전형'이라고 있어. 일종에 장애인들에게 주는 입학 혜택인 거지. 네 지금 성적에서 조금만 더 올리면 원서를 쓸 수 있는 성적권일 거야. 지금부터 공부와 그림을 준비해서 원서를 써보자."

선생님은 두꺼운 미대 입시 잡지를 꺼내며, 입시 요강을 펼쳐 '장애인 특별전형'을 보여 주었다. 손가락으로 가리킨 표에는 서울대학교 미대에서 장애인 두 명을 선발한다는 내용이 무심하게 있었다. 나는 되물었다.

"선생님, 미대는 홍익대학교가 좋지 않나요?"

"성적이 된다면, 서울대학교나 이화여자대학교를 쓰는 게 나아."

선생님은 본인이 15년 교직 생활 동안 배출한 서울대학교, 이화여자대학교 합격생들의 전설을 읊기 시작했다.

나는 그 이야기를 경청하는척 했으나, 마음속에 쏟아지는 질문들로 복잡했다. 가장 먼저 든 생각은 왜 내가 장애인 특별전형의 혜택을 받아야 하는 가였다. 왠지 내 능력과 자아가 과소평가된 것 같아 기분이 불쾌했다. 그런 나의 마음에 불을 지르는 한마디를 더 하셨다.

"너랑 같이 입학한 신입생 중에 서울대학교 미대를 준비시킬 학생도 있는데 그 아이는 미술을 하지 않아도 서울대학교를 써볼 수 있는 애라 국어 선생, 수학 선생들이 많이 아까워하고 있어. 그런데 본인이 서양화과를 가고 싶다고 하고, 그림도 정말 잘 그려. 그래서 미대를 보내려고 해."

어디선가 소문을 들은 것 같았다. 나와 다른 중학교에서 온 아이. 그 친구는 반 배치 고사에서도 최상위권인데 미대를 꿈꾸고 있어 선생님들 사이에서 그 친구의 대입문제로 대책회의까지 열었다고.

아, 그 친구도 서울대학교를 지망하고 있구나. 그리고 그림도 잘 그리는구나. 근데 그 친구에게는 좋은 성적과 그림 실력으로 서울대학교를 써보자고 하는데, 왜 나에게는 '장애인 특별전형'이 있으니까 서울대학교를 써보자고 하는 걸까. 내가 그림을 잘 그리는지 못 그리는지, 내 그림이 특별한지 이상한지를 이야기하지 않고 나는 장애인이니까 유리하다고 말하는 걸까. 나도 잘 그리는데, 나도 할 수 있는데 왜 내가 원하지 않은 타이틀을 씌우는 걸까.

화가 났다. 그 친구가 싫었다. 아무도 나와 그 친구를 비교하지 않았지만, 나는 나 자신을 그 친구와 비교하기 시작했다. 나는 반에서 중위권. 그 친구는 전교에서 최상위권. 성적의 간극이 너무 크다고 자각했다. 그림은 둘째 치고 성적이 한참 뒤처져 있다고 생각했다. 서울대학교에 가야 한다는 목표보다는 그 친구와 경쟁이 될 만큼, 사람들이 모두 다 그렇게 느낄 만큼 내가 보여 줘야겠다는 목표가 생겼다. 서울대학교라는 목표보다, 장애인이라는 타이틀을 다 깨주고 싶었다. 왜냐하면 내가 미술 선생님의 말씀대로 '장애인 특별전형'으로 입학하면, 사람들은 내가 '장애인이니까' 서울대학교에 쉽게 갔을 거로 생각할 것 같았다. 나는 그 친구와 같은 조건으로 똑같이 경쟁해서 성취하고 싶었다.

'희망'이라는 말은 뜬구름 같았는데, '목표'라고 설정하니 그것을 향해 달려가야만 할 것 같았다. 나는 미술 선생님의 작업실을 나오며 마음속으로 굳게 다짐했다. '다른 아이들과 똑같이 경쟁해서 꼭 서울대학교에 갈 거야.'

적당히 하면 적당히 산다

　사실 나는 적당히 하는 것을 좋아했다. 공부는 시험 기간에만 하고, 그 외에
는 만화를 그리는 데 온 열정을 쏟았다. 부모님도 그런 나에게 특별히 공부를
기대하지 않았다. 공부뿐만 아니라, 여느 부모가 자식에게 부여하는 미래에 대
한 욕심이 나에겐 없었다. 부모님의 생각을 다 알지 못하지만, 어려서부터 장애
가 있는 딸에게 바라는 것은 오직 하나, '건강하고 즐겁게 살기'였던 것 같다.
　반면에 나의 하나뿐인 오빠에게는 '의사가 되기를 압박했다. 오빠에 비해 나
에게 주어진 자율적인 시간 덕분에 그림을 그리고 싶을 땐 그림을 그렸고, 만
화책을 읽고 싶을 때는 만화책을 읽었다. 매일 출근하다시피 방문했던 동네 만
홧가게를 데려다주고, 대출한 만화책을 반납해 주는 것도 엄마 아빠였다.
　또 만화가 아니라 그림을 배워보고 싶다고 해서 그 당시에 흔하지 않았던
미술 과외를 했다. 공부에 담을 쌓고 살았기에 중학교 시절 나의 성적은 국어
60점 수학 20점, 사회는 잘 맞으면 80점이었다.

학교는 놀러 갔다. 조금 논다고 하는 일진 친구들과도 친했고, 공부를 잘하고 착실한 친구들과도 잘 어울렸다. 그래서인지 성적이 나빠서 우울했던 적도 없었고, 나름 재밌게 초등학교와 중학교 시절을 보냈다.

그런 내게 공부를 해야 하는 미션이 비로소 생겼다. 뚜렷한 목표 없이 고등학교에 올라왔고, 하던 미술이 있으니 홍익대학교에 가면 좋겠다는 막연한 미래를 그려볼 뿐이었다. 물론, 고등학교 1학년 성적으로는 홍익대학교도 무리였음을 나중에 알았다. 부모님의 공부하라는 압박도 없었고, 학교 선생님이나 친구들도 나에게 기대하지 않았지만, 나는 나 자신에게 부여하는 잣대로 이렇게 살다간 큰일 날 거라고 채찍질하기 시작했다.

이 전까지는 공부를 제대로 해본 적이 없었기에 공부법에 대한 책을 서점과 도서관에서 뒤지기 시작했다. 어떻게 하면 효율적으로, 제대로 공부할 수 있는지 책에서는 차근차근 알려줬다.

나는 그대로 실천에 옮기기 시작했다. 먼저 나의 교실 책상 자리를 바꾸었다. 휠체어 출입이 쉽다는 표면적인 이유로 나는 교실 맨 뒤에 앉았었다. 중학교 때까지 그랬다. 그 자리는 선생님의 눈을 피해 그림을 그리고 '딴짓'을 잘할 수 있는 최적의 장소였다. 그러나 공부하기 위해서, 나는 교실 중앙 맨 앞자리, 교탁 바로 앞으로 자리를 바꿔 달라고 담임 선생님께 요청했다.

그리고 수업시간에 완전히 집중하려고 노력했다. 시간표상 9시부터 오후 6시까지 수업을 듣고, 저녁에는 미술학원을 가야 하는 '미대 입시생'에게는 수능 입시 학원은 가고 싶어도 도저히 시간이 허락하지 않았기 때문이다.

학교에 있는 시간만이 유일하게 입시 수업을 들을 수 있다고 생각했다. 인문계 학교였고, 나름대로 이 지역에서 좋은 입시 성적을 냈던 학교였지만 대부분의 학생은 학교 수업보다는 방과 후 수능학원에 의지했다. 그러나 나는 그럴 시간이 없었다. 학교 수업이 곧 수능학원이었다.

내가 착용하고 있던 보조기가 그런 나의 투지에 도움을 주었다. 고등학교 입학 전에 허리 수술을 한 것이 신의 한 수였다고 할까. 수술 이후 나는 잠자는 시간을 제외하고 늘 보조기를 착용하고 있어야 했는데, 보조기를 차고 있을 때는 꼿꼿이 앉아있을 수밖에 없었다. 아무리 졸려도 허리를 굽혀서 책상에 고개를 파묻고 잘 수가 없었다. 덕분에 나는 졸지 않고 수업에 집중할 수 있었다. 그 수술은 지겨운 통증과 진한 흉터를 남겼지만, 돌아보면 공부할 수 있었던 기초가 되었다.

그런데 국어, 영어, 사회, 과학은 그럭저럭 혼자서 해 볼 만했으나 수학이 문제였다. 전국 미대 중에 유일하게 서울대학교 디자인 전공은 수학 점수를 요구했다. 수학은 내겐 에베레스트 산을 오르는 것처럼 험난해 보였고, 수학만큼은 선행학습이 절실히 필요한 과목이라는 것을 고등학교에 와서 알았다.

나는 수학 과외를 받아야겠다고 부모님께 이야기했다. 내가 원한 과외여서인지, 과외가 능동적이었다. 과외 선생님이 준비해 온 진도를 수동적으로 받기만 하는 수업이 아니라, 내가 혼자 공부한 내용을 선생님께 보여 주고 궁금한 것을 묻는 시간이었다. 이런 내게 과외 선생님은 진심으로 하나라도 더 알려주기 위해서 수업 진도 외에도 다양한 응용문제를 준비하여 풀게 했다. 또 학교에서 받은 스트레스와 고민을 잘 들어주기도 했다.

나에게는 수학 과외가 특효약이었다. 고등학교 1학년부터 2학년까지 지속해서 받은 과외는 내 수학 성적을 20점에서 90점대로 만들어 주었다.

공부에 흥미가 없는 자녀에게 아무리 과외며 좋은 학원을 보내도 효과가 없다고 하소연하는 학부모님들이 나에게 공부를 어떻게 했냐고 묻는데 나는 그럴 때마다 대답한다. 본인이 하고자 하는 의지와 동기가 가장 중요하다고.

좋은 과외 선생님, 좋은 공부법과 교재는 부차적인 것이며, 내가 왜 공부를 해야 하는지 깨닫는 것이 중요하다. 그런데 아쉽게도 그 깨달음에 있어서 부모가 아이들보다 너무 많이 앞서간다. 아이가 머리는 똑똑한데 노력을 하지 않는다며 매우 안타까워한다. 그러나 그 무엇보다 아이들이 스스로 목표를 정립할 때까지 기다려 줘야 한다. 아이들이 어리고 생각 없는 것 같이 보일지 모르지만, 그들도 미래에 대한 꿈을 꾸고, 현실에 대한 불안감도 느낀다. 조금 시간이 걸릴 뿐이지 각자의 인생 시간표에 따라 분명한 목표를 볼 수 있는 능력이 있다.

필사적으로!

　내가 처음부터 독립적인 것은 아니었다. 척수 장애가 생기면 대개 배변 장애
가 동반되기 때문에 일상생활에서 크고 작은 어려움을 겪게 된다. 소변이나 대
변의 감각이 없기 때문에, 먹는 양과 시간을 계산해서 화장실을 가야 한다. 또
소변을 보기 위해서는 '카테터'라는 의료 기구를 이용하는데, 카테터는 소변
줄을 요도에 끼워서 방광에 있는 소변을 빼내는 것이다. 사실 매번 카테터를
사용하는 것이 번거롭고 쉽지 않다. 그러나 화장실을 가야 할 시간을 깜빡하기
라도 하면 소변이 그대로 흘러서 바지가 젖는 등 난감한 상황이 발생할 수 있기
에 엄마는 가끔 임시방편으로 나에게 기저귀를 채워서 학교에 보냈다.
　병원에서는 대소변 보는 방법을 보호자에게 가르쳐 줄 뿐, 환자 혼자 하는
방법은 알려주지 않았다. 그러다 보니 도와줄 사람이 없으면 소변을 볼 수 없
기에 누군가가 올 때까지 오랫동안 참는 게 버릇이 되었다. 엄마는 바쁜 식당
일에도 집에 있는 나의 전화 한 통이면 모든 일을 놓고 달려와서 젖어버린 내

바지며 바닥을 치웠다. 부모님이 미처 집에 오지 못할 때는 오빠가 어릴 때부터 나의 소변을 받아내는 일을 해주었다. 나는 혼자 할 수 없는 일인 줄 알았다.

학교에서 보내는 시간이 길어지는 고학년으로 올라갈수록, 내가 어떻게 화장실을 가야 할지 엄마의 고민도 커졌다. 그런데 그때 엄마는 나와 같은 장애를 가진 이문성 아저씨를 우연히 만났다. 아저씨는 20대에 교통사고를 당해 척수장애인이 된 후, 휠체어 농구선수이자 생계로 수입 휠체어 딜러로 일했다. 아저씨와 만남으로 엄마는 그동안 고민해 오던 욕창 관리 문제, 배변 재활 문제 등에 대한 구체적인 방법을 들을 수 있었다. 이때 국립재활원의 존재를 알게 되었고, 고등학교 2학년 여름 방학을 이용해서 나는 재활원에 입원했다.

엄마는 혼자서도 화장실 가는 법을 배워야 한다며 나를 재활원에 데려갔지만, 나에겐 미대 준비를 위해서도 좋은 기회였다. 재활원이 서울에 있기 때문에 입원 후, 밤에는 홍익대학교 근처 미술학원에서 여름 방학 특강을 들을 수 있었다. 서울권에 있는 미대 지망생 대부분이 그곳에서 여름 방학 특강을 듣는다고 들었기에 나도 이번 기회에 그 수업을 들어보고 싶었다.

나는 모범적인 병원생활을 했다. 아침 9시부터 오후 4시까지는 재활 프로그램에 따라서 물리치료, 작업치료 화장실 가는 법, 식사하는 법 등 일상생활 기술에 대한 재활, 전기치료를 받았다. 그리고 저녁을 먹은 후 7시부터 10시까지 홍익대학교 근처 학원에 가서 그림을 그리고 병실로 왔다.

병실에 오면 11시가 되어서 6인실의 다른 환자들은 모두 깊은 잠에 빠졌지만 나에게는 그때부터가 조용히 공부할 수 있는 시간이었다. 모두가 잠든 시각, 휴게실 한쪽에서 공부하고 새벽 3시쯤 잠들었다. 여름 방학 한 달 내내 그런 생활을 하자, 병실에서 함께 지내는 사람들, 치료사 선생님, 간호사 선생님들 사이에서 나는 '서울대학교 갈 아이'로 유명해졌다. 병실 사람들과도 말 한번 섞지 않고, 또래의 다른 환자들과도 친해지지 않았다. 그런 시간이 어쩐지 나에게는 허락되지 않았다고 느꼈다. 오히려 그렇게 사람들을 피하고 내 목표에 열중하는 모습을 보고 더욱 신비롭게 느껴졌는지, 내가 퇴원할 때쯤 나의 연락처를 조심스럽게 물어보는 내 또래 남학생의 보호자가 있었다.

나는 한 달의 입원 기간이 무색할 만큼 일주일 만에 재활 기술을 터득했다. 혼자 화장실에 가서 휴대용 카테터를 이용하여 소변을 보는 방법, 휠체어에서 바닥으로 떨어졌을 때 누군가의 도움 없이 다시 휠체어에 올라타는 방법 등, 일상생활에서 필요한 모든 것을 빨리 배웠다. 그리고 누구보다 빠르고 정확하게 수행했다. 치료사 선생님들은 나의 12년의 휠체어 경력이 어디 가지 않았다며 능숙하게 배운다고 했고, 엄마는 한시름 놓으며 서울로 학교를 보낼 수 있겠다는 자신감을 얻었다.

서울에서 학교 다니고 싶다는 욕구가 일상생활에서 필요한 일들을 스스로 처리해야겠다는 필요성을 느끼게 했고, 내 한계를 보지 않고, 누군가를 의지하지 않고 최대한 내가 할 수 있는 방법을 찾게 했다. 필사적으로 배우고 또 연습하면 못 할 게 없다는 사실을 불편한 몸 덕분에 나는 매일매일 체험한다.

우리가 쉽게 입에 담는 말 중에 '불가능' 또는 '무리'라는 말이 있다. 나는 조심스럽게 말하고 싶다. 어려워 보이는 상대를 만났을 때 중요한 건 한계 앞에서 굴하지 않는 것, 피하지 않는 것. 그것이면 조금 늦어질 수 있어도, 분명히 '가능하다'고 말이다.

내가 왜 서울대학교에 가야 하는지

    라이벌 의식으로 똘똘 뭉친 내 고등학교 생활은 '터프' 그 자체였다. 공부와 그림에만 몰입하다 보니 여고 시절에 있을 법한 낭만적인 기억이 없다. 돌아보면 참 재미없는 고등학교 시절을 보냈다.

    아침 9시부터 오후 6시까지는 학교 수업에 집중하고, 쉬는 시간에는 그다음 수업을 예습하는 모범적인 생활을 했다. 저녁 6시부터 10시까지는 미술학원에서 그림을 기계처럼 그렸는데, 저녁밥 먹을 시간이 없어서 엄마가 아빠 편에 보내준 도시락을 학교에서 미술학원으로 이동하는 차 안에서 먹었다. 좋아하는 그림이라도 입시 미술은 수학 문제집 푸는 것처럼, 반복적이고 지루했다.

    학원을 마치고 집으로 돌아가는 차 안에서의 20분은 MP3에 담은 영어 듣기 문제를 푸는 시간이었다. 수능영어 듣기 시간은 15분이었기에 최적의 자투리 시간 활용이었다. 집에 도착해서는 씻고 야식을 조금 먹었다. 엄마에게 커피를 한 잔 타 달라고 한 후 나는 내 방 책상에 앉아 수능 공부를 시작했다. 매일 매일 내가 해야 할 분량들을 채우며, 그것을 다 소화하지 못할 때는 밤을 꼴딱 새우기 일쑤였다. 보통은 새벽 3시에 잠들었다. 그래도 나에겐 지치지 않는 뜨거운 에너지가 끊이지 않았다. 나 자신이 성장하고 싶었고 도약하고 싶었다.

그런 생활을 반복하기 2년이 지날 즈음 깊은 회의감이 들었다. 성적은 점프했고, 성적 순위는 어느새 나의 라이벌과 비견할 만한 수준에 올랐다. 하지만 이상하게도 만족스럽지 않았다. 내가 왜 서울대학교에 가야 하는지 모르겠고, 라이벌이 목표로 하는 학교니까 나도 가야 한다는 것이 어쩐지 말이 되지 않았다. 내가 진정 서울대학교에 가서 무엇을 이루고 싶은 건지, 뿌연 암막처럼 갑갑했다.

그래도 나의 몸과 머리는 기계와 같이 움직였다. 시간은 제 속도로 흘렀고, 나에게도 고등학교 3학년이 시작되었다. 미술학원 원장님은 여름 방학을 이용하여 홍익대학교 근처 입시 미술학원에서 하는 '여름 방학 특강'을 집중해서 듣고 오라고 권했다.

입시를 앞둔 시점에서 나는 나와 같이 서울대학교를 지망하는 학생들이 누굴까 무척 궁금해졌다. 그래서 엄마에게 여름 방학 특강을 가자고 했고 엄마 아빠는 처음에 머뭇거렸지만, 늘 그랬듯이 내 뜻을 따라주었다.

미대 입시의 메카 홍익대학교 앞. 엄마는 여름 방학 한 달 동안 지낼 월세방을 알아보았고, 그 일대 건물 중에 휠체어가 들어갈 수 있는 곳이 없어 반지하의 방을 구했다.

나는 그곳에서도 학기 중에 하던 스케줄대로 움직였다. 학교 가는 시간에 미술학원을 다녀왔고, 밤늦게까지 도서관에서 살았다.

어느 주말, 모처럼 엄마와 홍익대학교 주변을 산책했다. 마침 벼룩시장이 열렸는데 나와 엄마는 그곳에 나온 물건들을 둘러보았다. 그때 화려한 공예품 사이에 돗자리를 펴두고 오래된 책을 팔고 있는 곳에 시선이 꽂혔다. 익숙한 이름의 예술가들의 전기, 작품집들이 한가득 있었다. 그중에 나를 사로잡은 책이 있었다.

『김민수의 문화 디자인』, 저자 김민수'

나는 김민수 교수님의 책을 한번 읽어 보고 싶었는데, 도서관이나 서점에서 생각보다 구하기가 어려웠다. 그런데 이렇게 좌판에서 교수님의 책을 발견하다니……. 훗날 책의 저자를 실제로 만나게 될 줄 그때는 예상하지 못했다.

정말 읽기 어려웠던 책으로 기억한다. 디자인의 역사와 흐름을 따라가기에는 내가 가진 배경지식이 한없이 부족했다. 하지만 한 가지, 책에서 분명히 말하고 있는 것이 있었다. 디자인이 단순히 예쁘고 잘 팔리게 하려고 존재하는 것이 아니라는 점이다. 디자인으로 사람들의 의식을 건강하게 만들 수 있다는 것이다.

그와 관련해 교수님이 프랑스에 방문했을 때 거리에서 만난 환경미화원에게 촬영해도 되는지 묻자, 무척 자랑스럽게 포즈를 취했고 한다. 반면에 서울의 환경미화원들에게 똑같이 요청하자, 화를 내며 자신이 드러나는 것을 부끄러워했다는 일화가 있었다.

파리의 환경미화원들에게는 작업에 편리하면서 도시를 상징하는 유니폼과 실용적으로 잘 만들어진 작업 도구를 제공해 준 것이, 자신의 직업을 자랑스럽게 생각하게 했다. 그러나 서울의 환경미화원에게는 공식적인 유니폼 없이, 너덜너덜한 수레, 형형색색의 쓰레받기와 빗자루가 이 사회에서 '환경미화원'을 대우하는 수준이 느껴지게 한다는 것이다.

  "미화원들은 하루 일과의 대부분을 손수레 하나에 의존해 온몸으로 일한다. 그들에게 개선된 손수레가 보급된다면 과중한 수고를 조금이나마 덜어줄 수 있다. (중략) 비탈길에서 질주하는 속력을 제어하는 문제는 둘째 치더라도, 쓰레기와 마땅히 분리해 휴대해야 할 비옷, 도시락, 음료수 등을 보관할 최소한의 장치라도 마련해 주려는 마음이 우리 사회의 그 누구에게도 없었던 것이다. (중략)
  디자이너의 마음에서 우러나와 사용하는 이의 마음으로 전달되어, 개인과 사회 공동체의 마음을 함께 움직이는 놀라운 '에너지'가 존재한다. 이 에너지를 '밀어내서' 존재하게 하는 것, 그것이 디자인이다." 「김민수의 문화 디자인」, 김민수 저

  충격적인 접근방법이었다. 이것이 디자인의 힘이었다. 디자이너가 세상을 바꿀 수도 있겠구나 생각했다. 디자이너는 정말 멋진 직업이구나. 내가 휠체어를 타면서 느꼈던 불편한 생활환경과 사람들의 시선이 디자이너가 어떻게 디자인하는지에 따라 '차별'이 아닌 '모두'를 위한 세상으로 만들 수 있을 것 같았다.
  그것이 내가 해야 할 일이라고 느껴졌다. 어두웠던 통로에 한 줄기 빛이 아주 희미하게 비추는 것 같았다. 내가 가야 할 곳이 보이는 것 같았다. 너무나 간절하게 마음 깊은 곳에서 내가 하는 이 노력의 '의미'와 '방향'을 찾은 기분이었다.
  나는 서울대학교 학생이 되기 위해서가 아니라 좋은 디자이너가 되기 위해서 서울대학교가 필요했다.

재수는 없어!

    시험 준비를 하면 할수록 해야 할 공부가 왜 이렇게 많은지 모르겠고, 미대 입시 준비도 하면 할수록 예상이 안 되었다. 수능 모의고사를 보면 한 문제로 1등급이 오르락내리락하고, 서울대학교 미대 입시는 매년 예상하지 못했던 실기 문제가 나와서 수험생들과 학원 선생님들을 깜짝 놀라게 했다. D-day가 다가올수록 점점 자신이 없어졌다. 그러나 빨리 해치우고 싶었다. 조금 더 시간을 끈다면 내가 나가떨어져 버릴 것만 같았다.

    대망의 수능 날, 늘 하던 대로만 하자는 마음으로 집을 나섰다. 내가 배정받은 고사실은 2층이었다. 장애 학생들에게는 단독 교실을 제공해 주는 제도가 있었지만, 나는 다른 친구들과 같은 고사실을 쓰겠다고 했다. 평소 모의고사를 친구들과 같은 교실에서 봤기 때문에, 실전에서도 같은 분위기로 시험을 치르는 게 오히려 마음이 편할 것 같았다. 감사하게도 선생님들은 나의 그런 마음을 잘 이해해 주셨다.

　나에게는 실수하지 않고 평소 실력대로 시험을 치러야 할 미션이 있었다. 수능 1교시 언어영역 시간을 알리는 종이 울렸다. 가슴이 콩닥콩닥 뛰기 시작했다. 시험지를 받고 문제를 풀라는 안내에 따라 시험지를 펴자, 눈에 보이는 것은 누런 종이에 검은색의 깨알 같은 글씨가 흩어져있는 것이다. 펜을 손에 꽉 쥐면서 '정신 차려, 정신 차려. 집중해'라고 되뇌었다. 그러나 더욱 가슴이 쿵쾅거렸다. 무슨 말인지 도대체 눈에 들어오지 않았다. 그 순간 '아 이렇게 하다간 난 망하겠다'고 생각했다.
　나는 펜을 내려놓고 잠시 눈을 감고 기도했다. 30초 남짓이었던 것 같은데 그 순간은 시간과 공간이 멈춰있는 것 같았다. 그리고 눈을 떴다. 마음에 평화가 왔다. 그제야 무의미하게 줄을 쳤던 본문의 글이 눈에 들어왔다. 나는 원래 속도를 되찾고 시험을 치를 수 있었다.
　수능을 마치고 나오는 발걸음이 굉장히 홀가분했다. 가채점 결과 500점 만점에 450점. 평소 모의고사보다 50점이 높았고, 서울대학교를 지원하기에 충분한 점수가 나왔다.

　그러나 기쁨도 잠시 실기 시험 준비를 위해 서울로 떠나야 했다. 미술 실기 시험은 수능이 끝난 바로 다음 달, 12월에 있다. 나는 서울에 사는 막내 고모 댁에서 지내며 홍익대학교에 있는 미술학원에 다녔다. 고모 댁은 노원구에 있었는데, 홍익대학교에 가려면 지하철을 두 번 갈아타야 했다. 지금 다시 하라면 엄두도 나지 않는 여정이다. 어디서 그런 끈기와 의지가 있었는지 모르겠다.
　지하철을 1시간 반 탔다. 홍대입구역 출구로 나오면 울퉁불퉁한 길을 지나

급격한 경사를 올라가야 다다를 수 있는 미술학원을 매일 이른 아침에 가서 밤늦은 시간이 되어야 돌아왔다. 추위를 잘 타는 나는 두꺼운 패딩을 입고, 헝클어진 머리에, 손에는 장갑을 끼고 열심히 휠체어를 밀며 지하철을 타러 갔던 기억이 난다. 경사로를 올라가는데 가끔 행인이 나에게 다가와 "밀어드릴까요?" 하고 도움을 주면 그렇게 반갑고 기쁠 수가 없었다. 또 어떤 날은 경사로를 열심히 낑낑대며 올라가는데도 본척만척 지나가는 사람들이 그렇게 야속하게 느껴질 수가 없었다.

미술학원에도 친구들이 있었지만, 당연히 혼자 해야 한다고 생각했다. 나를 도와줄 누군가를 감히 바라지 않았다. 실기 반에 반절은 서울 학생들, 반절은 나와 같이 각 지방에서 올라온 학생들이 있었는데, 묘한 경쟁심이 흘렀다. 서로에게 나는 장애와 상관없이 경쟁자였다.

서울대학교 실기 시험을 2주 앞두고, 학원에서는 모의 실기 시험을 치렀다. 서울대학교 반의 실기 특징은 '잘한다', '못한다'의 기준이 획일적이지 않다. 예를 들어 시험 주제가 '빨대, 고무줄, 나무젓가락, 솜뭉치로 조형물을 만드시오'일 경우, 전형적인 구도로 그리기보다는 자신만의 스타일과 관점으로 시각화한 작품을 대체로 높은 점수를 준다는 것이 입시계의 분석이었다. 그래서 학원은 서울대학교 입시 준비생들에게 어떤 주제가 나오더라도 잘 그릴 수 있는 기본 표현력을 키워주는 것에 중점을 두었다.

모의 실기 시험을 치르면, 모든 학생의 그림을 벽에 붙여 놓고 선생님이 '크리틱'이라는 것을 한다. 잘 그린 그림과 못 그린 그림을 분석하고 우열을 가리는 시간이다. 그런데 선생님은 내 그림을 크리틱에서 언급조차 하지 않았다. 마음이 우울했다. 이렇게 해서 실기 시험을 잘 치를 수 있을까 걱정이 됐다.

시계가 어느새 11시를 가리켰고, 뒷정리하고 집에 가는 길이었다. 나와 같은 입시생들이 좀비 같은 몰골로 터덜터덜 지하철을 향해 걸었다. 우울한 마음과 달리 배에서는 꼬르륵거렸다. 따뜻한 계란빵을 하나 사서 지하철에서 먹으면 좋겠다고 생각했다. 하지만 왠지 혼자서 계란빵을 사가는 모습이라니, 내 처지가 더 불쌍해질 것 같아 포기했다.

늦은 밤 홍익대학교 거리에는 불안한 미래를 안고 집에 가는 청소년들과 내일은 없을 것처럼 오늘 밤을 불태우는 클러버들이 공존했다. 나는 그 어디에도 속하지 않은 이방인처럼 느껴졌다. 때로는 사람들의 지나친 관심과 배려를 받는 나. 때로는 철저한 무관심 속에서 꿋꿋이 갈 길을 가야 하는 나.

생각이 많아지는 밤이었다. 사람들이 날 어떻게 대하든 목표 하나만을 바라보고 달려왔다. 하지만 정말 이렇게 열심히 했는데도 실패할 수도 있겠다는 생각이 처음으로 들었다. 플랜 A만 생각했는데, 정말 안 된다면 플랜 B도 준비해야 할 것만 같았다.

서울대학교가 안 된다면, 나는 어디를 가야 하지. 그때까지만 해도 내 인생 계획표에 서울대학교만 생각하고 달려왔기에 다른 학교들의 이름들이 낯설게 느껴졌다. 내가 있어야 할 곳은 지금까지 목표했던 서울대학교라고 스스로를 다잡았다. 그리고 분명한 건 이런 고생은 한 번으로 충분했다.

'내 사전에 재수는 할 수도 없고 해서는 안 돼.'

고향에 있는 엄마에게 전화를 걸었다.
"엄마 나 입시는 한 번으로 끝내야겠어. 너무 힘들어."

절대로 약해지면

안 된다는 말 대신

뒤처지면 안 된다는 말 대신

지금 이 순간 끝이 아니라

나의 길을 가고 있다고 외치면 돼

「나를 외치다」, 마야

잊지 못할 면접, 프리다 칼로와 나

　나는 서울대학교 수시모집에 사활을 걸었다. 주변에서는 장애인 특별전형이
있는 정시모집은 이미 합격한 거나 다름없다고 여겼지만, 나는 꼭 수시모집에
합격하고 싶었다. 그 이유는 두 가지였다. 첫째, 수시모집은 미술에 특별히 재
능이 있는 학생들을 미리 선발하는 전형이었기에 나는 이 시험이야말로 나의
실력을 보여줄 수 있는 절호의 기회라고 생각했다.
　둘째, 수시모집에 합격해서 하루라도 빨리 입시에 대한 시름을 놓고 싶었다.
수시모집의 최종 합격은 12월에 발표되기에 2월에 마무리되는 정시에 비하면,
합격 후 여유로운 시간을 보낼 수 있었다. 그런데 막상 수능을 치르고 수시 실
기 시험까지 마치고 나니 승리의 여신이 점점 보이지 않는 것만 같았다.

　마지막 관문인 면접이 있던 12월 초, 아직 초겨울인데도 관악산에는 눈이 내
렸다. 이날 나는 엄마 아빠와 함께 면접장을 찾았다. 면접 대기실은 너무 추웠

고, 엄마는 매점에서 파는 어묵 국물을 가져와서 내 찬 손을 녹여 주었다.

나중에서야 엄마가 들려준 면접 대기실의 풍경은 조금 슬펐다. 면접을 치르게 될 자녀와 함께 온 다른 학부모들이 입은 고급스러운 겨울 코트가 엄마 눈에 띄었고, 엄마는 그제야 자신의 옷차림이 보였다고 했다. 전날까지도 식당에서 쓸 배추 300포기 김장을 하느라 정신이 없었던 엄마는 그때 입었던 점퍼와 바지 차림으로 면접장에 함께 왔다. 엄마 옷에는 고춧가루도 조금 묻어 있었고, 젓갈 냄새가 더욱 진하게 나는 것 같았다고 했다.

나의 면접 순서는 앞에서 다섯 번째였다. 너무 앞도 아니고 뒤도 아닌 딱 좋은 순서라고 생각하자 긴장이 좀 풀리면서 자신감이 상승했다. 면접실에 들어가니 세 분의 교수님이 어두운 조명 아래 앉아 계셨다. 그때 나는 한눈에 김민수 교수님을 알아봤다. 교수님은 가운데에 계셨다. 너무 놀랐지만, 금세 평정을 되찾았다. 내가 서 있는 자리 뒤에는 내가 제출한 열 점의 포트폴리오가 영사기를 통해 흰 벽에 비쳤다. 나는 한 작품씩 설명했고, 나의 그림을 다 본 후 한 분씩 질문하셨다. 가장 먼저 김민수 교수님께서 질문하셨다.

"학생이 좋아하는 작가가 프리다 칼로라고 했는데, 왜 프리다 칼로를 좋아하지요?"

반가운 질문이었다. 나는 대답했다.

"프리다 칼로의 영화를 우연히 본 후, 그녀의 책을 읽었습니다. 그런데 제 어린 시절과 많이 닮아 있어서 관심이 갔어요. 그녀는 열여덟 살에 교통사고로 장애를 갖게 되었고, 이후로 자화상을 그리기 시작했어요. 저도 열여섯 살에 프리다 칼로의 「부서진 기둥」처럼 심한 척추 수술을 받은 적이 있거든요. 「부서진 기둥」을 보면서 저의 수술 당시 고통이 다시 생생하게 느껴질 만큼 그녀는 자기 자신을 정말 치밀하게 관찰하고 그것을 그림으로 담아냈고 생각했어요. 신기하게도 그 힘이 저에게도 전해졌고, 저도 그녀처럼 저의 작품을 통해 사람들에게 울림을 주고 싶다고 생각했습니다."

그러자 흐뭇하게 웃으며 김민수 교수님은 혼잣말을 하셨다.

"프리다 칼로보다 더 훌륭한 여성이 되어야지요."

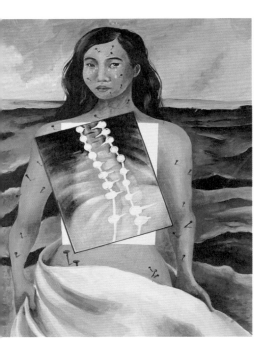

면접에 제출한 작품_「프리다 칼로와 나」

프리다 칼로는 멕시코의 여류 화가이다. 그녀는 여섯 살에 소아마비 진단을 받았고, 열여덟 살에 타고 있던 버스가 전복되는 사고로 쇠파이프가 허리를 관통했다. 이후 휠체어 생활을 하게 되면서 그림을 그리기 시작했다. 침실 천장에 거울을 설치해서 요양 중에도 자신의 몸을 관찰하며 자화상을 다수 그렸다. 그녀가 세상에 알려진 계기는 그녀의 남편인 디에고 리베라 때문이다. 그는 멕시코 민중을 대표하는 국민 화가이자 정치가였다. 프리다 나이 22세에 디에고 리베라는 42세였다. 둘은 사랑에 빠졌고 프리다는 행복한 결혼 생활을 꿈꿨다. 하지만 결혼 후에 디에고 리베라의 외도는 잦았고, 프리다는 정신적인 고통을 자신의 그림에 풀어냈다.

그녀는 이 시기에 여성 화가로서 대중에게 잘 알려졌으며 그녀의 활동 자체가 여성의 정치 참여를 상징했다. 프리다 칼로는 살면서 30번의 외과 수술을 받았으며 세 번의 유산을 했다. 그녀는 "이 외출이 행복하기를, 그리고 다시 돌아오지 않기를"이라는 말을 남기며 47세 나이에 생을 마감했다.

김민수 교수님은 특히 나의 작업들을 보면서 성실하게 준비한 점을 칭찬해 주셨다. 면접 전에 교수님의 책을 읽어서일까? 나는 교수님이 친근하게 느껴졌다. 왠지 모르게 교수님과 통하는 게 많을 것 같았다.

그리고 첫 번째에 앉아계신 박영목 교수님은 내게 왜 디자인을 하고 싶은지 물으셨다. 나는 내 작업이 나의 장애와 많은 연관이 있다고 대답했다. 일상생활에서 하고 싶은 게 너무 많은데 세상에는 여러 장벽이 있는 것 같았고, 내가 봉착한 문제나 장벽들, 그 어려움을 디자인으로 해결하고 싶다고 말했다. 그러자 내 대답을 듣고 계시던 공예 전공의 유리지 교수님께서 질문을 이어서 하셨다.

"디자인이 실용적이기만 하면 되나요? 심미적인 부분은 어떻게 생각합니까?"

나는 장애가 생긴 후 병원용 휠체어를 사용했던 이야기를 꺼냈다. 나의 첫 병원용 휠체어는 어른이 탈 수 있는 기성품으로, 일곱 살의 아이가 스스로 휠체어를 밀기에는 크고 무거웠다. 나는 그 휠체어를 뚱뚱이 휠체어라고 불렀다. 그 무거운 휠체어를 친구들이 서로 밀어주겠다고 해서 이동하는 데 불편함을 느끼지는 못했지만, 몸에 맞지 않는 휠체어는 허리 자세를 잡아주지 못했고 척추가 옆으로 휘는 측만증은 급격히 찾아왔다.

뚱뚱이와의 이별은 내가 열일곱 살이 되던 해였다. 독일산 맞춤형 휠체어 회사를 알게 되었고, 나의 앉은키, 발목에서부터 종아리, 엉덩이 치수 등에 꼭 맞춰 휠체어를 주문했다. 그리고 휠체어 판매영업사원은 내게 하나의 카탈로그를 더 건넸다. 거기에는 휠체어의 색상, 바퀴의 모양과 색상을 고를 수 있는 샘플 사진이 있었다.

그때 나는 살짝 충격을 받았다. 내 다리를 대신하는 바퀴 달린 의자일 뿐이었던 휠체어가 빨간색, 파란색, 검은색, 노란색 등 내가 '좋아하는 색'으로, 나를 '표현'하는 도구가 될 수 있다는 사실이 놀라웠다. 어떤 휴대폰을 쓰는지가 자신을 표현하는 중요한 아이템이 되는 요즘처럼, 휠체어도 패션 아이템 하나로 '감성'을 담을 수 있었다.

나는 열정적이고 튀는 펄이 들어간 빨간색을 선택했고, 주문 후 꼬박 2개월을 기다려 만난 휠체어는 내 몸에 꼭 맞아서 마치 한 몸으로 합체한 느낌이었다. 그리고 휠체어 탄 이래 처음으로, 그 휠체어를 타고 동네 한 바퀴 돌면서 자랑하고 싶을 정도였다. 이처럼 좋은 디자인이란 장애인에게 기능적인 편리함도 주지만, 무엇보다 자기 자신을 감추지 않고 자연스러운 당당함을 뽐낼 수 있도록 자신감을 주는 것으로 생각한다는 말로 답을 마무리했다.

마지막으로 하고 싶은 말이 있냐는 질문에 나는 대답했다.

"인류를 위한 디자이너가 되고 싶습니다. 서울대학교에서 그 꿈을 꼭 이루고 싶습니다. 잘 부탁드립니다!"

교수님들은 다 같이 허허허 웃으셨다. 느낌이 좋았다.

그로부터 일주일 후, 학교 담임 선생님으로부터 전화 한 통을 받았다.

"예솔아 너 합격했어!"

실감이 나지 않는 말이었다. 나는 곧바로 엄마에게 전화했다.

"엄마! 나 합격했데."

"어머나! 하나님 정말 감사합니다."

수화기 너머로 엄마와 나 사이에는 한동안 아무 말 없이 정적만 흘렀다.

면접을 보고서야 비로소 내 안에 소용돌이치는 깨달음이 있었다. 노력의 결과는 배신하지 않지만, 결과는 내 손에 있지 않다는 것이다. 어쩌면 그 숱한 땀과 눈물이 무색해질 만큼 보이지 않는 힘이 있다는 것을 알게 되었다.

사람들은 그것을 운이 맞았다고 했다. 하지만 우연이라 하기 엔 묘하게 퍼즐처럼 들어맞는 상황들이 있었다. 만약에 내가 김민수 교수님의 책을 읽지 않았더라면, 만약에 면접에서 교수님을 만나지 않았더라면 나는 과연 합격의 기쁨을 알 수 있었을까.

합격 후에 전해 들었던 이야기로는, 김민수 교수님께서도 나의 면접이 인상적이셨던지 면접 다음 날, 교수님의 강의에서 나의 면접 이야기를 하셨다고 한다. 나에게 후한 점수를 주셨다는 이야기도 덧붙이면서 말이다.

그때 확신했다. 나의 의지 밖에 어떤 힘이 있다는 것을.

"당신의 아이가 장애가 없었으면 좋았을까요?"
"신이 이 아이 말고 건강한 다른 아이를 주었다면
더 좋았을까요?"

장애를 고칠 수 있다면, 그럴 수만 있다면,
내 아이가 이 세상에서 편안하게 살도록 고쳐주고 싶어요.
하지만 이 아이가 없는 내 인생은 상상할 수 없어요.
나는 이 아이를 키우면서 훨씬 더 좋은 사람이 되었고,
훨씬 더 목적의식에 찬 삶을 살았어요.
그래서 저는요, 이 아이를요,
세상 어떤 것과도 바꾸지 않을 거예요.

『부모와 다른 아이들』 저자 앤드류 솔로몬의 강의 中

3장
사랑,
그 어떤
상황에서도

아빠, 나의 등대

    아빠는 나로 인해 처음으로 신앙을 갖게 되었다. 시골에서 8남매의 둘째 아들로 태어나 자립심이 강한 아빠는, 밑에 세 명의 동생을 키우는데 보탬이 되어야겠다며 부산에 가서 열아홉 살부터 외항선을 탔다고 한다.

    아빠는 책을 좋아했고, 젊은 시절 배를 타고 전 세계를 다닌 덕분에 상식과 세상을 보는 눈이 넓었기에 늘 자신감이 넘쳤다. 10년 동안의 뱃생활로 젊은 나이에 비해 많은 돈이 있었고, 엄마와 결혼하던 스물여덟 살에는 마당이 있는 집 한 채를 갖고 있었다.

    결혼 이후 사업에 확신이 있었던 아빠는 더는 배를 타지 않고 사업을 시작했다. 그러나 연이은 사업 실패와 하나뿐인 딸의 벼락같은 사고는 아빠를 하늘에 두 손 들게 했다.

    내 장애가 감사한 건 아빠와 내가 함께하는 시간을 많이 가질 수 있었다는 거다. 중학교부터 고등학교까지 6년 동안 아빠는 하루도 빠짐없이 나를 학교로 데려다주었는데, 학교에 오가는 20분은 아빠와 나만의 데이트 같았다.

나는 거의 모든 생각과 뜻을 아빠에게 말했고, 아빠는 나의 조잘대는 사소한 이야기까지도 묵묵히 들어주었다. 학교에서 속상한 일을 겪고 아빠에게 하소연할 때면, "너 혼자만 겪는 어려움이라고 생각하지 마라"고 늘 강조했다. 성장하면서 많은 벽에 부딪혀야 했을 때도 아빠는 한결같이 말했다. 나는 아빠의 그 말을 들으면 금세 별일이 아닌 것처럼 마음이 가벼워지곤 했다.

아빠는 내가 어릴 때부터 나 혼자 할 수 있도록 일부러 여러 가지 일을 시켰다. 예를 들어 치과를 가면 나를 의사 선생님이 있는 곳까지만 데려다주고 사라졌다. 그러면 나는 어쩔 수 없이 의사 선생님에게 아픈 곳이 어딘지 직접 말해야 했고, 의사 선생님은 보호자가 아닌 나를 상대했다. 아빠는 치료가 모두 끝날 즈음 나타났고, 어디 갔었냐는 나의 투정을 쉽게 무시했다.

또 내가 스무 살이 되었을 때 아빠와 나는 단둘이 전국 일주 여행을 하기로 했었는데, 그때도 여행 일정에서부터 숙소, 식당 모두 내가 직접 알아보면서 계획하고, 예약하도록 했다. 숙소가 휠체어가 들어갈 수 있는 건물인지 전화로 확인하는 것도 언제나 나를 시켰다.

나를 모르는 사람에게 전화해서 내 장애와 필요한 요구사항을 구구절절 설명하는 것이 싫었는데, 아빠는 꼭 내가 하게 했다. 아빠가 대신 하면 안 되냐고 짜증 낼 때면, 아빠는 눈을 지그시 감으며 한마디 했다.

"네가 해 버릇해야 돼."

그 훈련 덕분에 서울에서 학교에 다니며 독립하게 된 이후에도 여러 가지 문제를 만날 때마다, 상대방에게 나의 의사를 정확하게 밝히고 이해시키는 게 어렵지 않았다. 작은 일에서부터 누군가를 의지하기보다 스스로 설 수 있게 됐다.

아빠는 나를 키우는 방법만큼은 늘 단호했다. 장애가 있다고 해서 모든 것을 다 해주는 건 딸을 망치는 일이라고 생각했다. 대신에 촘촘한 안전망을 넓게 쳐두고 내가 스스로 탐험하고 부딪혀서 가능성을 찾게 했다.

생각처럼 그게 쉬웠을까? 때때로 울면서 집에 들어오는 딸을 보고 냉정해지기가 과연 쉬웠을까. 그러나 어떤 상황에서도 나에게 보여준 아빠의 모습은 늘 차분했다. 흔들림이 없었다. 어두운 밤바다에 뱃길을 비추는 등대처럼 아빠는 언제나 같은 자리에서 빛을 비추었다.

내가 미대를 준비하겠다고 했을 때, 나에게 서울대학교라는 도전장을 준 것은 사실 아빠였다. 아빠는 한국 사회에서 출신 대학이 아직도 중요하고, 특히 장애가 있는 내가 이 세상에서 영향을 끼치는 사람이 되려면, 높은 학력은 필수사항이라고 했다. 오빠에게만 늘 공부하라고 잔소리를 했지, 나에게는 별다른 부담을 주지 않았던 아빠였다. 그저 그림 그리고 노래 부르는 것을 좋아하는 딸을 보며 흐뭇해했다. 그런 아빠가 처음으로 공부해야 하는 이유를 이야기했다.

아빠가 나를 일깨워 준 현실은 내가 곧 마주할 세상이라는 망망한 바다처럼 다가왔다. 대학교 2학년에 떠난 미국 연수는 미국 경제 위기로 상황이 좋지 못했고, 외로움과 막막함 때문에 나는 중도에 포기하고 싶었다. 그때 아빠가 나를 붙잡는 한마디를 했다.

"나는 네가 어디에 있든, 그 시간을 너 자신의 것으로 충실하고 성실하게 만들 거로 의심하지 않아."

그 말이 나를 다시 잡았다. 상황은 폭풍 같았지만 정면 돌파하기로 다짐했다. 그 말이 없었더라면 나는 이후 미국에서 아빠의 인생을 생각해 볼 기회를 얻지 못했을 것 같다.

샌프란시스코 항구에서 30분 정도 유람선을 타면 소살리토라는 작은 예술가 섬마을에 갈 수 있다. 배는 큰 엔진 소리를 내며 출발했다. 배 갑판 위에 나오니 하늘과 바다가 하나로 연결된 듯한 투명에 가까운 하늘이 펼쳐져 있었다. 시원한 바람과 평화로운 바다를 보고 가슴이 뻥 뚫리는 느낌 때문에 두근거렸다. 연신 환호하는 의식을 다 마치고 나니 문득 아빠가 생각났다.

내 나이 스물두 살에 아빠가 항해사로 일하며 이것보다 큰 배를 타고 전 세계를 다녔다고 생각하니, 그 고독감이 상상이 가지 않았다. 말없이 정지된 듯한 풍경을 바라보면서, 젊은 아빠는 배를 타면서 어떤 생각을 했을까, 어떤 마음이 들었을까 생각했다.

나에게도 같은 울림이 시간을 초월해서 느껴졌다. 바람에 흔들리지 않고 언제나 곧게 서 있는 나무 같은 아빠도, 때로는 위로가 필요했을 텐데. 어떻게 딸을 키워야 할지 참 막막하기도 했을 텐데…….

황무지 같았던 한국에서의 성장 과정 속에서
그래도 부족함을 느끼지 못했고,
오히려 그때가 그리워지는 것은
모든 틈새를 꽉 채우는 사랑이 있었기 때문이다.

엄마는 내 친구

    학교를 다녀온 나는 대부분의 시간을 빈집에서 혼자 보냈다. 엄마가 식당을 마치고 오기만을 기다리며 연습장에 그림을 그리면서도 계속 시계를 쳐다봤다. 그래서인지 엄마가 들어오는 시간을 대략 가늠할 수 있었다.

    11시 50분쯤, 조용했던 공간 사이로 발소리가 멀리서 들렸다. 엄마가 오나 싶어 귀를 쫑긋 기울이면, 어김없이 엄마였다. 12시가 거의 돼서야 고된 식당일을 마친 엄마가 피곤한 몸으로 집에 돌아오면, 나는 학교에서 있었던 사소한 이야기들을 꺼냈다. 엄마는 쌓여있는 빨래를 세탁기에 돌리고 바닥을 물걸레질하면서도 늘 나의 이야기를 들어주었다. 나는 그런 엄마 뒤를 졸졸 따라다니면서 조잘댔다. 엄마는 내 이야기를 판단하지 않았다. 내가 느꼈던 감정 그대로 받아주었다. 그런 엄마를 보며 나도 남의 말을 잘 들어주는 좋은 사람이 되고 싶었다.

엄마는 언제나 나에게 그런 좋은 친구였다. 내가 무엇을 이야기하든지 내가 느끼고 생각하는 대로 똑같이 반응해 주는 데칼코마니 같은 친구. 또한 내게 인생이란 각자가 짊어져야 할 몫이 있다는 걸 알려준 최초의 본보기였다.

나의 장애가 우연히도 엄마가 때린 매를 맞고 일어났을 뿐이지, 절대로 그것 때문에 내가 이렇게 되었다고 할 수는 없는데도, 사람들은 너무나 쉽게 엄마를 비난했다. 그때 알았다. 가장 쉬운 게 남 이야기라는 것을.

엄만들 자책이 들지 않았을까? 그런데도 엄마는 그 일로부터 자유했다. 아니 자유하려고 했다. 사건과 자기 자신을 분리하는 작업을 마쳤다. 그저 여느 엄마들처럼 내게 해줄 수 있는 모든 것에 온 힘을 다했다. 그 이상도 그 이하도 아니었고, 다른 의미부여도 없이 말이다. 아마 진정으로 자유하지 못했다면, 감당하지 못했을 나날들이었을 거다. 그게 엄마의 몫이었다. 자책감을 떨쳐내고 '예솔이 엄마'라는 사명감으로 생각을 전환하는 것.

나의 몫 또한 엄마를 원망하지 않는 것이었다. 사람들이 엄마에게 나를 키운 헌신과 희생을 높일 때면, 엄마의 대답은 늘 한결같다.

"예솔이가 겪는 것에 비하겠어요."

내가 기억하는 엄마는 가장 낮은 자세로 나를 위해 모든 것을 바치는 사람이었다. 보이지 않는 골방에서 엄마가 울며 기도했던 시간을 어떻게 헤아릴 수 있을까. 문득문득 내 나이 또래의 학생들이 교복을 입고 건강하게 걸어 다니는 것을 보면서, 부러운 마음이 저절로 들었을 텐데. '바라는 건 없다, 건강만 해다오'라고 했다가도 잘 키워서 자식 덕 좀 보고 싶은 욕심이 생기는 게 부모 마음이라는데, 엄마 없이 내가 이 세상을 어떻게 살 수 있을까를 생각해야 했던 우리 엄마. 그런데도 엄마는 본인 곁에 나를 끼고 살기보다 내가 바다로 나아갈 수 있도록, 온전하지 않은 나의 있는 모습 그대로를 끌어안았다.

　보통의 아이들보다 시간이 더 걸릴 수 있지만, 당연히 할 수 있을 거라는 그 무모하고도 절대적인 믿음이 현실이 되기까지, 하나의 인격체로 세상에 설 수 있도록 하기까지 그 긴 인내의 시간 동안 나와 오빠 앞에서는 건강한 웃음을 변함없이 보여준 엄마가 있었기에 지금의 내가 있는 것 같다.

　도대체 엄마의 강인함과 사랑이라는 초월적인 힘은 어디에서 나오는 걸까.

오빠의 결혼식

  하나뿐인 나의 오빠는 나를 많이 사랑해 주었다. 키가 크고 호리호리하면서
도 듬직한 체격과 선한 인상 때문에 내 친구들 사이에서 오빠는 인기가 많았
다. 학교 수업이 끝날 즈음, 아빠를 대신해서 오빠가 올 때면, 여고생뿐인 학교
는 소소한 흥분이 감돌았다. 나 역시 그런 오빠가 자랑스러웠다.

  오빠는 어릴 때부터 나의 그늘에 가려져서 부모님의 관심을 덜 받았다. 친척
과 지인 모두가 나의 안부와 건강상태를 먼저 물었고, 오빠는 언제나 두 번째
였다. 그렇게 나에게 밀려있었지만, 불평하거나 부모님 속을 썩이지도 않았던
모범생이었다.
  엄마 아빠가 늦은 밤까지 가게 일로 바빴기 때문에, 오빠와 나는 늘 함께 집
에 있었다. 내가 초등학교 2학년 때까지 오빠와 나는 한 침대에서 같이 잤고,
목욕도 같이했다.

내가 초등학교 2학년이 되도록 구구단을 못 외우자 오빠는 스파르타식으로 나를 가르쳤다. 내가 구구단을 하나씩 틀릴 때마다 한 대씩 때렸다. 나는 그런 오빠가 조금 무섭기도 했다. 평소와 다르게 화를 내는 오빠를 보며, 때리는 것을 즐기는 것처럼 느껴지기도 했었다.

아빠는 오빠를 훈육이라는 이름으로 강하게 키웠고, 오빠가 잘 못 했을 때 자주 매를 들었다. 아마도 오빠는 그것이 억울했던 것 같다. 주변의 관심과 사랑을 몸이 불편한 동생에게 늘 밀리고, 오빠니까 착하게 행동하라는 요구를 받으며, 칭찬은커녕 조금만 잘못하면 매를 맞았으니까…… 어쩌면 오빠는 나를 그렇게 가르치는 것이 당연하다고 여겼을 지도 모르겠다.

오빠의 인생에서 가장 중요한 순간에, 부모님은 오빠가 아닌 내 곁에 있어야 했다. 처음 척수염이 발병했을 때 전국을 돌며 나의 치료에 매달리는 동안, 오빠는 외할머니 손에 맡겨졌다. 가족의 생이별이었다.

부모님과 내가 3개월 동안 포천에 있는 기도원에 들어가 합숙생활을 할 때, 한 달 만에 오빠와 할머니가 버스를 타고 면회를 와서야 우리 가족은 상봉할 수 있었다. 기도원에서 저녁 식사를 같이하고 오빠와 외할머니는 다시 버스에 올라야 했다. 버스 안에서 엄마를 향해 손을 흔들며 울고 있던 오빠는 겨우 아홉 살이었다.

오빠의 졸업식, 수능, 군대에 입대할 때 모두 함께 있어 주지 못했다. 오빠가 군대 가는 날, 나는 수험생이라는 이유로 서울에 있었고, 미술학원이 끝나고 고모 집으로 돌아가는 지하철 4호선에서 핸드폰을 꺼내 오빠에게 문자로 작별 인사를 했다. 그날은 처음으로 나의 오빠가 아니라, 한 사람으로서의 오빠 인생을 곰곰이 생각했다. 그러자 마음이 애잔했다.

　시간을 흘러 오빠 나이 서른 살이 되었고, 오빠는 결혼하고 싶은 여자가 있다고 했다. 드디어 고대하던 결혼식 날, 오빠는 연신 싱글벙글한 얼굴로 손님들을 맞이했다.

　새언니가 될 은아 언니는 백합처럼 예쁘고 밝게 웃고 있었다. 나는 그날 축가를 맡았다. 처음 오빠가 결혼식 축가를 부탁했을 때는 왠지 부끄러워서 못하겠다고 했었다. 그런데 새언니의 친여동생인 은정이와 같이 불러달라는 말에 덜 부담을 느끼며 마지못해 하겠다고 나선 것이다.

　많이 보아온 결혼식의 순서대로 신랑 입장, 신부 입장, 주례사가 순탄하게 흘러갔다. 주례를 맡으신 목사님께서는 신랑 신부 여동생들의 축가가 있기 전에 신랑이 준비한 영상을 보겠다고 말씀하셨다.

　영상 속에서는 오빠의 어린 시절 사진들이 나왔다. 지금의 나의 나이로 보이는 젊은 엄마가 갓난아기였던 오빠를 안고 환하게 웃는 사진, 한 유모차 안에서 아기인 나를 꼭 안고 있는 오빠 사진. 행복한 가정의 한 조각이었다.

　이어서 시간을 점프하듯이, 오빠의 고등학교 졸업 기념사진에는 까까머리를 하고 새까만 겨울 코트를 입고 있는, 아빠보다 훨씬 키가 커버린 오빠가 있었다. 그 옆에는 외할머니와 아빠가 있었다. 엄마는 그 날도 식당을 지키느라 졸업식에는 참석하지 못했겠지. 오빠의 얼굴에서 아기일 적 해맑은 모습은 사라지고 무표정한 모습이 눈에 들어왔다.

　초등학교와 중학교 시절의 사진은 없었다. 성장을 뛰어넘기라도 하듯이 잊힌 시간처럼 느껴졌다. 오빠는 금세 어른의 모습이 되었다.

나의 장애는 우리 가족이 '어떻게 살았는지' 모를 만큼 시간을 쏜살같이 흐르게 했다. 그 일이 나의 인생을 바꾼 것뿐만 아니라, 오빠의 성장에 이렇게 공백을 만들었구나 생각하니 가슴에서 묵직한 돌이 바닥으로 떨어지는 것 같았다. 나는 울컥했고, 눈물이 주체 없이 볼을 타고 흘렀다. 너무나 미안했다. 나 때문에 이 모든 비극이 시작된 것 같았다.

　눈물과 상관없이 영상은 빠르게 오빠와 언니의 데이트 사진으로 넘어갔다. 언니 옆에서 오빠는 환하게 웃고 있었다. 평소에는 잘 보기 어려웠던 밝은 표정. 잊혔던 '기쁨'이 오빠 얼굴에 있었다. 이제까지 볼 수 없었던 사랑을 받는 행복한 남자의 모습이 있었다. 나는 입술을 꼭 깨물며 누가 볼 새라 고개를 푹 숙이며 눈물을 흘렸다.

　영상이 끝나자 반주자가 피아노 앞으로 나왔다. 턱시도를 입은 오빠와 하얀 드레스 차림의 언니는 기대에 찬 얼굴로 나와 은정이를 향해 몸을 돌려 바라보았다. 마음이 진정되지 않았는데, 노래 전주는 벌써 흘렀다. 마음속으로 '진정해. 가장 행복한 축가를 불러주는 거야'라고 되뇌었다. 은정이가 첫 소절을 불렀고 내가 뒤 소절을 받아서 부르기 시작했다.

　"사랑과 선행으로 서로를 격려해 따스한 품으로 보듬어 가리⋯⋯"

　목구멍에서부터 올라오는 울음을 꾹 참으며 노래를 부르는데 오빠와 눈이 마주쳤다. 그 순간 페이스를 잃고, 내 마음과 다르게 목소리가 나오지 않았다. 눈물이 쏟아졌다. 정적이 흘렀고 잔잔한 피아노 멜로디만이 식장을 메웠다.

　오빠의 시선을 피해서 악보가 있는 보면대에 시선을 고정했다. 눈물이 시야를 가렸고, 노래를 다시 이어가려 해도 잘 안 되었다. 은정이는 당황했지만 침착히 나의 파트를 대신 불렀다. 그러나 은정이 볼에도 눈물이 흘렀다. 그렇게 가장 행복해야 할 축가는 눈물로 끝났다. 식장 곳곳에서도 훌쩍거리는 소리가 들렸다.

예식이 끝난 후 장내에 있던 손님들은 나에게 신부도 울지 않는데, 신랑 동생이 왜 우느냐며 놀려댔다. 나는 새언니에게 오빠를 빼앗긴 것 같아서 서러워서 울었다고 말했지만, 오빠가 비로소 자기의 행복을 찾아서 떠나는 것 같아 기뻤다. 그 행복을 찾게 해준 언니에게 감사했다.

오빠는 내 앞에서 바람을 막아주고, 내 뒤에서 휠체어 손잡이를 꽉 잡고 내가 어디든 갈 수 있게 밀어주는 존재였다. 나의 손과 발이었다. 여느 형제자매처럼 치고받고 싸우기도 했지만, 늘 져주는 것은 오빠였다. 나에게 밀려 한 번도 자기가 하고 싶은 것을 주장하지 못했다.

그런 오빠가 유일하게 원했던 행복이 마침내 시작되었다.
나의 오빠로서가 아니라, 오빠의 이름 세 글자로 인생을 펼쳐지길.

활주로를 떠나 비행기는 이제 어둠 속을 날아요
서울의 야경은 물감처럼 번져가고
저기 어딘가에, 내가 아는 사람 손 흔들고 있을까?
마지막의 인사를 해요
내가 가는 길이 너무나도 힘든 이별의 길이지만
후회하지 않고 웃으면서 떠나가죠
사실 울고 있죠 많이 울고 있죠 창피하게 말예요
어둠 속을 날아가죠
안녕……

「비행 소녀」, 마골피

4장
세상을 향해
날개를 펴다

대학생이 되면 단기간 외국 생활을 꼭 해보고 싶었는데, 기회는 생각보다 쉽게 왔다. 인터넷에서 우연히 '장애청년드림팀 6대륙에 도전하다'라는 장애 청년을 대상으로 해외연수를 보내 주는 모집 글을 보고 지원한 것이 합격해서 2주 동안 미국 연수를 가게 되었다.

함께 연수를 간 멤버는 총 여섯 명. 나이로는 스물한 살인 내가 가장 어렸지만, 자기주장은 가장 셌다. 이 연수 기간에 한 일간지 사회부 기자가 동행하여 취재했는데, 나는 보도 사진에 찍히는 게 싫어서 '취재에는 협조하지 못하겠다'고 의사 표현을 했다가 연수팀에서 제명이 될 뻔했다.

이번 연수를 통해 처음으로 병원이 아닌 다른 곳에서 나와 같이 어떤 '장애'를 가진 사람을 만났고, 그들을 통해 나의 모습을 돌아보게 했다. 청각장애를 가진 재현 오빠는 태어날 때부터 듣지 못했는데 한양대 공대를 다니고 남부럽지 않게 호화로운 삶을 살고 있었다. 또 백색증^{멜라닌 합성의 결핍으로 인해 눈, 피부, 털 등에}
^{색소 감소를 나타내는 선천성 유전 질환}인 선호 오빠는 장애 인권 운동가로 활발히 활동하
고 있었다. 오빠의 머리카락은 새하얀 은발처럼 빛났고 눈동자는 회색에 가까
운 푸른색을 띠고 있었다. 피부도 아기 피부처럼 하얗고 보들보들했다. 오빠는
시각장애 2급이었는데 DSLR 카메라로 사진도 잘 찍었을 뿐 아니라, 시각장애
가 전혀 없는 팀원들보다 사물을 보는 감각이 남달랐다. 또 KBS 라디오 PD로
근무하고 있는 천기 오빠는 신체적인 장애는 없었는데, 나이, 사는 곳, 결혼 여
부, 혈액형 등을 신비주의로 일관했고, 다양한 우리 한 명 한 명을 아우르는 부
드러운 카리스마가 있었다.

우리는 미국의 장애인 법을 배우기 위해 2주 동안 워싱턴과 뉴욕에 있는 정
부 기관 및 장애인 단체들을 방문했다. 팀원 모두 미국은 처음이라 신났고, 나
도 비행기를 타고 국외에 나온 것이 처음이었기에 설렘과 얼떨떨한 기분이 동
시에 들었다.

가장 좋았던 점은 뉴욕 존에프케네디국제공항에서부터 기차역까지 이동하
는 것은 물론이고, 그 외 대중교통을 이용하는 것, 숙소의 구조나 시설, 쇼핑몰
등 내가 평소 한국에서 불편하다고 느꼈던 모든 것이 이곳에서는 전혀 느낄 수
없었다는 것이다. 그래서 감동에 가까운 기쁨을 연신 느꼈고, 그 기쁨의 절정
은 한국으로 돌아오기 전 짧은 자유 여행에서였다.

모든 여정 가운데 어떻게 이동을 할까 걱정하지 않아도 됐고, 휠체어를 싣는
특수한 차량이 따로 있는 것이 아니라 거리에 다니는 모든 노선의 버스들이 저
상버스가 있어 불편함 없이 움직이면서 여행할 수 있었다.

또 가고 싶었던 미술관과 박물관에 갔을 땐 모든 직원이 친절하게 환영해 주

었고, 여행책에서 추천하는 음식점은 계단이 없었기에 문 앞에서 발길을 돌릴 일도 없었다. 미국이 장애인의 천국이라고 들은 적이 있었는데, 과연 천국은 경험해 보기 전까지는 모르는 것 같다.

　미국에 다녀온 후 나는 막연하게 꿈꿔왔던 외국 생활을 실행에 옮겼다. 막연히 독일의 디자인을 흠모하고 있었던 나는 독일의 대학교로 교환 학생을 지원했는데 파견 생으로 덜컥 선발되었다.

　교환 학생이라는 좋은 기회를 놓치고 싶지 않았기에 어떻게 해서든지 최대한 준비하고 가야겠다고 생각했다. 그래서 독일어학원을 부랴부랴 찾아보다가 급한 대로 교내 언어교육원에서 열린 독일어 초급을 들었다. 그런데 시간이 흐를수록 너무 어려웠고, 마음도 무겁고 썩 내키지 않았다. '이건 아니다'라는 생각이 강하게 들어 결국 한 달 만에 포기했다.

　외국 생활을 이렇게 접어야 하나 싶은 마음에 대학 입학 후 가장 우울한 겨울 방학을 보내고 있는데, 한 선배 오빠에게서 전화가 왔다. 오빠는 나처럼 휠체어를 타면서 서울대학교 장애 인권 동아리를 이끌었던 핵심 인물 중 한 명이었고, 그 동아리 영향력으로 과거 교내 대부분 건물에 휠체어 편의시설이 마련되었다.

　오빠는 나의 기숙사 룸메이트인 언니들과 친해서 우리 방에 자주 놀러 왔고, 나는 언니들과 오빠가 야식을 먹을 때 같이 끼어서 먹는 사이라고나 할까. 그러나 오빠에게서 개인적으로 전화가 온 것은 처음이었다.

　"예솔, 'W.E.S.T'라고 한미 대학생 인턴십이라는 프로그램이 있는데. 외교부에서 대학생들을 뽑아서 미국에서 인턴 경험을 할 수 있게 해주는 프로그램이야. 내가 우리 과 교수님 추천으로 갈 기회가 생겼는데, 못 가게 됐어. 그런데 이 자리가 좀 아깝잖아. 그래서 네 생각이 났어. 네가 전에 외국에 가보고 싶다고 한 것 같은데, 생각 있어?"

이게 웬일! 나는 독일을 가지 못하면 길이 없다고 생각했었는데, 또 다른 문이 슬며시 열려있었다. 오빠는 생각이 있으면 연락 달라고 했고, 교수님께 나를 소개하겠다고 했다. 전화를 끊고 난 후 머리가 잠시 멍했다. 장애인 참가자로는 내가 유일했는데, 장애 학생에게는 3개월의 어학연수 비용을 정부에서 지원한다는 달콤한 제안과 함께 모든 면에서 독일보다 유리한 조건이었다.

"엘리자가 말했어요,
　세상은 생각대로 되지 않는다고.
　　하지만 생각대로 되지 않는다는 건
　　　정말 멋지네요!
　　　생각지도 못했던 일이
　　　일어나는 걸요! "
　　　　『빨간 머리 앤』, 루시 모드 몽고메리

나의 미국행이 결정되자 주요 방송사와 신문사에서 인터뷰했고 일은 급속도로 진행됐다. 독일 교환 학생으로 선정되고 고민 속에 빠져 보낸 두 달이라는 시간이 무색할 만큼 미국행은 나의 모든 고민을 해결해 주었다.

　미국으로 떠나는 날 아침 7시. 공항에는 엄마 아빠를 비롯해 서울에 사시는 고모와 고모부가 오셨고, 친구 정은, 은실, 은지도 멀리서 나와 주었다. 북적북적한 공항의 분위기에 항공권과 여권을 손에 드니 떠나는 것이 그제야 실감이 났다. 1년을 가족과 친구 없이 잘 지낼 수 있을까. 이런 내 마음을 눈치챈 듯, 걱정스레 나에게서 눈을 떼지 못하는 엄마의 시선을 느꼈다. 나는 복잡한 마음이 들킬까 봐 엄마의 눈빛을 피했다. 1시간 넘게 비행 탑승시간이 남았지만, 얼른 그 자리를 떠나야 할 것 같았다. 출국심사 스크린 게이트 앞에서 나는 친구들과 가족들에게 짧게 손을 흔들어 인사를 하곤 그들에게서 몸을 돌려 휠체어를 굴렸다. 그리고는 뒤를 돌아보지 않았다.

　게이트 문이 닫히는 소리가 들리자 왈칵 눈물이 쏟아졌다. 수술실 앞에서 헤어질 때처럼, 또 한 번 느꼈다. 인생에는 혼자서 감내해야 할 게 참 많다는 것을.

　나는 미국으로 가는 비행기 안에서 내내 훌쩍거렸다. 이 모습을 본 승무원이 내게 조용히 다가와 티슈를 건넸다. 로스앤젤레스공항으로 가는 14시간 동안 한숨도 잠을 이루지 못하고 반복해서 노래를 들었다.

활주로를 떠나 비행기는 이제 어둠 속을 날아요
서울의 야경은 물감처럼 번져가고
저기 어딘가에, 내가 아는 사람 손 흔들고 있을까?
마지막의 인사를 해요

한국을 떠나기까지 '난 이제 혼자야. 그러니까 정신 차려야 돼'라고 마음을 굳게 먹었는데 미국에서도 내 곁에는 나를 도와주는 사람들이 있었다. 라번La Verne이라는 작고 평화로운 동네에서 3개월간의 어학연수가 시작됐다.

나는 미국에 오자마자 물갈이로 고생했는데, W.E.S.T 동기인 봉규 오빠가 나를 특별하게 많이 챙겨주었다. 오빠는 본인이 먹으려고 한국에서 가져온 소중한 햇반을 주면서 죽 대신 먹으라고 했다. 그리고 따뜻한 보리차를 마셔야 한다며 인근 한인 교회에 가서 직접 보리 알곡을 얻어다 주었다.

나는 배탈을 계기로 오빠를 잘 따르게 됐다. 오빠가 매일 아침 9시에 기숙사로 나를 데리러 왔고 휠체어를 밀어주며 같이 어학원까지 갔다. 늘 붙어 다니는 우리를 보고 미국인 친구들이 남매인지 물을 정도로 오빠는 나를 참 잘 챙겨주었다. 봉규 오빠와 함께 어울렸던 리자드, 헌, 샘 오빠들과 나는 주말을 이용해서 라스베이거스 여행을 떠나 즐거운 시간을 보내기도 했다. 엄마에게 보낸 이메일에는 어학연수 기간의 행복함이 묻어있다.

> 엄마,
> 그동안 이곳에서의 생활은 내가 서울에 있을 때 비하면 편하고 평온해.
> 내가 혼자 부딪쳐야 하는 불발의 상황들이 거의 없어.
> 어딜 가나 휠체어가 들어가는 넓은 화장실이 있어서 불편함을 모르겠고,
> 미국인들이 나를 대하는 친절과 매너로 기분 좋은 우대를 받는 기분이야.
> 그래서 난 지금 이 시각들이 선물처럼 느껴져.
> 하늘이 '그동안 수고했다'고 하는 것 같아.
> 그래서 참 감사해. 난 정말 이런 시간이 필요했었나 봐.

어학원이 있는 동네에 유일한 아시안 음식점은 '아오키'라는 일식집이었다. 이곳은 한국인 부부가 운영하고 있었는데, 나를 딸처럼 생각해 주었다. 숙소 주변에는 마땅히 사 먹을 곳이 없고, 마트는 차를 타고 15분쯤 가야 하기에 불편할 거라며 나에게 한 달에 200달러약 24만 원를 내고 아무 때나 와서 식사를 해결하라고 하셨다.

덕분에 나는 매일매일 그 식당에서 파는 덴뿌라부터 스시까지 다양하고 맛있는 메뉴를 골라 먹을 수 있었는데 가끔은 센스 있게 신라면도 끓여 주셨다. 저녁 손님이 한풀 끊긴 조용한 시간에 갈 때면 밥을 먹으면서 주인아저씨와 아주머니의 많은 이야기도 들을 수 있었다. 나는 이 시간이 참 좋았다.

아저씨는 한국에서 하던 사업을 정리하고 미국에 이민을 오셔서 겪었던 희로애락을 들려주었고, 밝고 쾌활한 아주머니는 나에게 앞으로 10년 안에 TV에

나오는 사람이 될 거 같다고 하시며 유명해지면 아줌마와 아저씨를 잊지 말라며 호탕하게 웃으셨다.

나는 그곳을 떠나기 전 감사의 마음을 담아 두 분의 얼굴을 그려드리고 왔다. 나중에 정말 내가 유명해지고, 혹시 두 분을 모른다고 하면 증거로 내밀라는 농담과 함께.

하얀 백지처럼, 아무것도 예상할 수 없던 미국에서의 생활을 미리 걱정했던 게 무색할 정도로 이 모든 게 마치 오래전부터 계획된 만남처럼 느껴졌다.

답은 정면 돌파야

　순조롭게 시작되었던 어학연수가 한 달 정도 지났을 즈음, 미국 경기가 최악의 상황에 맞닥뜨렸다. 인턴십 구직 상황도 악화되어, 인턴십을 주관하는 스폰서에서는 무급 인턴십이라도 할 의향이 있는지 프로그램 참가자들에게 물었다. 나는 인턴십이 나의 전공에 맞고 나에게 도움이 될 수 있는 경험을 제공한다면 무급 인턴십도 생각해 보겠다고 했다. 그리고 그 후 한 달이 지나 어학연수가 마지막 한 달 남았을 무렵, 스폰서로부터 무급 인턴십 자리를 제안받았다. 그 자리는 나의 관심사와 일치하였지만 선뜻 할 수가 없었다. 내 안에 불안감이 솟아났다. 어학연수 기간에야 봉규 오빠와 여러 동기가 있어 그들에게 의지했지만, 이젠 나 혼자 가야 한다. 내 몸보다 두 배로 큰 이민 가방을 가지고, 휠체어를 밀며 가는 내 모습을 상상해 보니 엄두가 나지 않았다.
　사실 인턴십을 어디에서 할 것이냐에 대한 고민보다, 어떻게 집과 돈이 없는 곳에서 불편한 몸으로 살아야 할지가 나를 더 막막하게 했다. 하지만 이어서 스폰서는 자신이 지금 줄 수 있는 자리는 이것뿐이라며, 이 기회를 받아들이지 않으면 어쩔 수 없이 한국으로 돌아가야 한다고 했다. 나는 프로그램을 계속하는 것이 자신이 없어졌다. 그래서 아빠와 통화를 하면서 아무래도 한국으로 돌아가야 할 것 같다고 말했다.

"아빠, 나 다시 한국 가서 2학기 복학 준비할게. 여기서 생활하려면 집도 구해야 하고 생활비도 만만치 않을 것 같아. 내가 하게 될 인턴십이 그 만큼에 시간과 돈을 들일 가치가 있는지도 모르겠어."

표면적으로는 프로그램의 유익성, 안정성, 효율성을 따져봤을 때 아니라는 답이 내려졌다고, 나름 이성적인 판단에 의한 결정이라 말했지만, 사실 혼자 헤쳐나갈 자신이 없다는 의미였다. 그러자 아빠는 평소와 같이 담담하게 말했다.

"나는 네가 어디에 있든지 시간과 돈을 허투루 쓰지 않을 거라 믿는다. 늘 그랬듯이 충실히 너의 시간으로 만들 거니까. 네가 관심 있던 분야이고, 이왕에 미국까지 갔으면 뭐라도 자르고 와야지. 돈 걱정은 하지 마. 6개월이라는 시간은 인생을 두고 봤을 때 정말 짧은 시간이야."

아빠는 나의 마음을 돌이켜 놓았다. 그렇다. 문제의 본질은 새로운 곳을 향한 알 수 없는 두려움과 나에 대한 무기력함이었다. 아빠와 통화 후 이 두 가지를 내 안에서 보게 되었다. 문제를 알게 되니, 답은 오히려 간단해졌다. 새로운 곳을 가보기 전까지는 그곳이 두려운지 두렵지 않은지 알 수 없다. 할 수 있는지 할 수 없는지는 해보기 전까지 알 수 없다. 그러니 더 고민할 필요가 없어졌다. 여기서 어떻게든 내 것으로 만들어보자고 결심했고, 할 수 있는 모든 것을 경험하고 배우고 돌아가야겠다고 다짐했다. 그러자 마음이 무척 편안해졌다. 무엇이라도 할 힘이 생겼다.

이어 내가 좋아하는 소설 『빨간 머리 앤』에 나오는 한 구절이 생각났다.

"있지요, 전 즐거운 기분으로 가기로 결심했어요. 지금까지 마음만 굳게 먹으면 대개 무슨 일이든 즐길 수 있었거든요. 물론 마음을 단단히 먹어야 하지만요. 마차를 타고 가는 동안에는 고아원으로 돌아간 다는 생각은 접어둘래요. 그냥 마차를 타고 간다는 생각만 할 거예요."

그냥 비행기를 타고 목표를 향해 간다는 생각만 했다. 나는 당장 로스앤젤레스에서 샌프란시스코로 건너가야 했고, 살 곳이 정해지지 않은 상황이었다. 그런데도 해보자고 마음을 굳게 먹으니 실질적인 변화들이 일어났다. 도움의 손길을 통해 한국에 돌아갈 때까지 소정의 생활비를 지원받게 되었다. 인턴 기간에 부모님께 금전적인 부담을 드리지 않아도 된 것이다.

그리고 살 집도 극적으로 생겼다. 기숙사 룸메이트였던 현아 언니는 졸업하고 미국에 와서 유학을 준비하고 있었는데, 그곳이 마침 내가 일할 샌프란시스코 인근 지역이었다. 나의 사정을 말하자 착한 언니는 나를 모른 체하지 않았다. 또한 언니도 나처럼 휠체어 생활을 하기에 언니의 집은 휠체어가 들어가기 편했다. 한국에서와 마찬가지로 미국에서도 휠체어가 들어가는 집을 구하기가 만만치 않은데 얼마나 다행인지.

하나의 문이 닫히면 또 다른 문이 슬며시 열려있었다. 나는 그 문 뒤에 무엇이 있는지 전혀 알 수 없었지만, 닫힌 문 안에 있는 것보다 박차고 열고 나가기로 했다. 자신의 인생길에서 어려움을 맞닥뜨린 사람들이 '왜?'라는 질문으로 오랜 시간을 보낸다. 나 역시 그랬다. 나는 누군가 어두운 터널 속을 지나고 있다면, 질문을 멈추고 다가오는 오늘을 딱 하루만 견뎌보기를 부탁한다.

상황을 피하지 말고, 벗어나려고 애쓰며 몸부림치지 말고 잠잠히 오늘을 보내는데 의미를 두자. 그러면 터널 속에서 희미한 길이 보일 거라고 확신한다. 그리고 그 시간이 오늘의 강한 나로 성장하게 해주는 매우 이로운 사건이라는 걸 시간이 흐른 뒤 알게 될 것이다. 뜻 모를 어둠의 시간은 반드시 이유가 있다.

꿈만큼 이룰 거예요 너무 늦었단 말은 없어요
그대를 지켜 주는 건 그대 안에 있어요
강해져야만 해요 그것만이 언제나 내 바람이죠

「진심」, 김광진

    현아 언니를 미국 땅에서 만난 건 신기한 일이다. 인턴십을 하기로 마음먹고 난 후 나는 언니가 캘리포니아에 산다는 생각이 났다. 그래서 무작정 언니에게 전화를 걸어 사정을 이야기했다. 언니는 자신의 집이 샌프란시스코에서 지하철로 1시간 떨어져 있는데, 집을 구할 때까지 함께 머물러도 좋다고 했다.

    한시름 놓은 나는 이민 가방 하나와 꾹꾹 눌러 담은 배낭을 가지고 홀로 로스앤젤레스공항을 출발해 샌프란시스코공항에 도착했다. 전화로 예약한 한인 콜밴 기사가 멀리서 휠체어를 밀고 오는 나를 알아보고 빠른 걸음으로 다가와 한 손엔 짐을 들고, 다른 한 손으로 휠체어를 밀어주었다. 낯선 외국에서 한국인을 만나는 건 참 반갑다.

    공항을 출발해 버클리로 가는 차 창밖으로 샌프란시스코의 금문교 Golden Gate Bridge와 부서지듯이 찬란한 빛을 비추는 바다가 보였다. 당장 있을 곳은 구했지만 이후 어디에서 어떻게 살아야 할지, 6개월이라는 시간을 어떻게 채울지에 대한 막막함을 뒤로하고서 맑은 캘리포니아의 하늘과 바다를 바라보았다.

　나와 세 살 차이가 나는 현아 언니와는 기숙사 룸메이트로 2년을 함께 지냈다. 언니는 태어날 때부터 뼈가 약했고, 아담하고 귀여운 외모를 갖고 있어서 같이 있으면 내가 훨씬 나이가 들어 보이곤 했다. 언니는 대학교 졸업 후 미국에서 대학원을 다니기 위해 버클리에 있었다. 언니가 사는 곳은 대학가 주변으로 활기가 넘치고 공기도 맑았다.

집 앞에 다다르자, 언니의 어머니가 문밖에 나와 계셨다. 나는 밝게 인사했고, 어머니는 살짝 웃으며 말없이 나의 가방을 들고 문을 열어 주셨다. 언니는 나를 보자 "예솔!"이라고 특유의 가느다랗고 높은 톤으로 부르며 반겨주었다. 어느새 미국생활에 적응한 나는 언니에게 다가가 안아주었다.

집은 아늑했다. 스튜디오 형태로 우리나라 원룸식의 구조와 같았는데 방, 거실, 그리고 주방이 하나로 연결되었다. 주방과 방 사이엔 미닫이문이 있었고, 그 문을 닫으면 주방과 방은 분리되었다. 언니와 어머니는 방을, 나는 주방 앞 공간을 쓰기로 했다. 언니는 내가 불편할까 봐 걱정했지만, 나는 이렇게 언니 집에서 지낼 수 있다는 것이 무척 감사했다. 며칠만 있다가 새집을 구해 이동할 거라고 나와 언니는 믿으며……

그런데 집이 구해지지 않았다. 나는 같이 지내자고 언니를 설득했다. 언니는 혼자 살 원래 계획과 달라서 좀 생각해 보겠다고 했지만, 나의 처지는 절실했다. 실질적으로 살 집이 없기도 했지만 언니와 살기를 고집했던 가장 큰 이유는 '혼자'가 되기 무서웠던 것 같다. 마음이 착한 언니와 어머니는 마침내 승낙하였고, 나는 거실에 짐을 풀고 나만의 공간을 벽 한쪽에 꾸몄다.

언니의 이름 Jessie, 나의 이름 Sol 우리 둘의 이름을 이어서 버클리 2004번가 308호는 소렌제시 Sol and Jessie 라는 애칭을 붙였다. 우리의 6개월간의 동거가 이렇게 시작되었다.

언니와 나는 참 많이 달랐다. 언니는 모든 일 앞에서 신중하고 조심스러웠다. 그에 비해 나는 일단 좋은 생각이 나면 돌다리를 두드리는 과정은 생략하고 실행에 옮긴다. 그리고 실패하더라도 다시 도전하면 되지 하고 가볍게 생각하는 편이다. 언니와 살면서도 이런 차이가 극명하게 나타났다.

어느 날 우리는 '장애인·비장애인 연합 댄스 수업'이 있다는 것을 알게 되었다. 수업료도 저렴하고 저녁 시간을 활용하기 때문에 나는 무척 하고 싶었다. 그리고 어렸을 때부터 아이돌 그룹을 따라서 춤을 추는 것을 좋아했던 언니의 이야기가 내 기억을 스쳤다.

나는 언니에게 댄스 수업을 같이 듣자고 말했지만, 언니는 일단 내가 한번 다녀오고 괜찮으면 말해달라고 했다. 나는 댄스 수업 교실 문을 두드렸다. 장애인 열 명 비장애인 열 명으로 구성된 이 지역 사람들이 나를 밝게 맞아주었다. 이 수업에 특별한 점은 동작을 가르쳐주고 똑같이 따라 하는 수업이 아니라, 강사가 제시어를 이야기하면 각자 몸으로 그 제시어를 표현하는 수업이었다.

예를 들어 강사가 '바람'이라 말하면 바람에 대한 각자의 느낌을 몸으로 표현하는 방식이다. 현대무용에 가까워서 난해했지만, 몸으로 하는 활동은 확실히 매력적이었다. 집에 돌아온 나는 언니에게 신나게 그 후기를 들려주었고, 언니는 진지하게 또 순수한 감탄사를 연발하며 다음엔 같이 가겠노라고 말했다. 이처럼 새로운 것을 하자고 추진하는 것은 늘 내 역할이었다.

장애를 갖고 살면서 내가 깨달은 것은, 사람은 대개 자신이 갖지 못하는 것에 대해 크게 아쉬워하고, 그 대상에 대한 욕구가 강렬해진다는 점이다. 그래서 이미 가진 것이 많음에도 불구하고 끊임없이 자신을 남과 비교하며 상당한 시간을 보낸다.

나에게는 걷지 못한다는 이동의 제한과 그에 따른 불편함 때문에 여행이나 몸으로 하는 활동에 대한 욕구가 강렬해지는 것을 알았다.

매주 금요일 저녁에 벌인 삼겹살 파티에 우리는 한국 노래를 크게 틀어놓고 따라 부르곤 했다. 이렇게 우리는 그동안 꿈꿔보지 못했던 일상의 자유로움을 느끼는 중이었다.

예를 들어, 주말이면 휠체어 리프트가 있는 저상 버스를 타고 우리는 근교 여행을 쉽게 할 수 있었다. 샌프란시스코 항구로 가서 유람선을 타고 소살리토로 향했던 경험은 잊을 수 없다. 또 동네 수영장에는 휠체어 이용자를 위한 기계식 리프트가 있어서, 누군가의 도움 없이도 나와 언니는 안전하게 풀장으로 들어갈 수 있었다. 수영뿐만 아니라 다양한 스포츠를 쉽게 접할 수 있었다. 나는 요가, 요트 타기, 핸드바이크 손으로 페달을 움직이는 자전거 등을 경험했다.

심리적인 소속감도 있었는데, 내가 살던 버클리에는 휠체어를 타는 장애인들을 거리에서 쉽게 마주쳤다. 캘리포니아에서 샌프란시스코와 버클리는 소수자들의 인권 운동이 미국에서 처음으로 시작된 곳으로, 장애인뿐만 아니라 다양한 삶을 살아가는 사람들을 일상적으로 만날 수 있었다. 한국에서 지낼 때는 내가 속한 곳에서 휠체어를 타는 사람은 나 혼자라는 사실이 때로는 고독하게 느껴질 때도 있었다. 어쨌든 장애가 있든, 머리가 노랗든지 검든지, 피부색이 어떻든 상관없이 모두에게 열린 그곳은 나를 참 편안하게 했다.

이처럼 휠체어 탄 여자 둘이 한 집에서 자취생활이 가능하다는 것은 사소하지만 많은 의미를 내포했다. 장애인의 독립적인 삶을 위해서 본인의 의지가 가장 중요하겠지만, 그것이 가능한 환경과 제도가 뒷받침해 주어야 함을 피부로 느꼈다. 휠체어가 들어갈 수 있는 주거 형태, 공공장소에서 휠체어 접근을 가능하게 하는 설계 등, 사람들의 수용적인 인식과 태도가 참 좋다.

우리는 스스로 서로가 할 수 있는 것을 찾아 했다. 신체적으로 우리가 약하다고 해도, 사실 각자가 잘하는 분야는 있었기 때문이다. 나는 요리를 좋아했다. 무엇을 해 먹을지 고민하는 게 즐거웠고, 열심히 만든 음식을 언니가 먹어 줄 때 스스로 뿌듯했다. 때론 나의 실패한 요리도 맛있게 먹어 주던 언니.

또, 우리가 사는 아파트에 있는 공용 세탁기가 나의 손에 닿지 않는 곳에 있어서, 언니가 전동휠체어의 시트 높이를 최대한 올려서 세탁기 안에 세탁물을 넣고 빼는 것을 담당했고 나는 다 된 빨래를 개는 일을 했다.

일주일에 한 번 주말을 이용해서, 한인마트로 장을 보러 갔는데 지하철로 15분 떨어져 있는 그곳을 함께 가는 길이 좋았다. 나는 언니의 전동휠체어의 손잡이를 꽉 붙잡고 잠시 팔을 쉬면서 편안하게 이동할 수 있었다.

조그만 동양인 여자 둘이 꼭 붙들고 휠체어를 타고 가는 모습은 미국사람들에게도 남다른 구경이었을 것이다. 마트에서 산 물건을 한가득 담은 비닐봉지를 언니의 힘 센 전동휠체어에 싣고 집으로 올 때면 생각했다.

　'언니가 없었으면 이 길이 재미가 없었을 거야.'

　우리는 늘 이렇게 같이 붙어 다녔다. 언니가 가는 곳에 내가 껌딱지처럼 붙어 다녔다는 표현이 더 정확하다.

　독감 예방주사를 맞으러 40분 정도 대중교통을 이용해 우린 대중교통 여행이라고 한다 찾아간 보건소가 이미 문이 닫혀서 헛걸음했던 일. 밤 11시 이후 집에 들어와야 했을 때 지하철역까지 나와서 나를 기다려주던 언니. 현금 입출금기에서 돈을 찾기 위해서 나는 기계를 작동시키고 언니는 내 뒤에서 우리의 돈을 노리는 사람이 없는지 망을 봐주던 일. 이렇게 우리는 서로의 필요를 말없이 채웠고, 함께 있을 때 무섭지 않았다.

기회는 내가 만드는 것

우연한 만남을 통해 미국에서 디자인 작업을 할 수 있는 기회가 열리기도 했다. 버스를 타고 가는 길이었다. 내 맞은편에는 검은 머리의 40대로 보이는 여성이 있었고, 그녀는 나를 유심히 관찰하는 것 같았다. 미국에서는 장애인을 뚫어지라 보는 것을 무례하다고 생각하기 때문에, 나는 그런 시선을 아주 오랜만에 느꼈다. 나 역시 그녀를 바라봤고, 서로 눈이 마주쳤다. 그녀는 반사적으로 내게 "실례합니다"라고 하며 말을 이어갔다. 시간이 된다면 잠깐 질문을 해도 되겠냐고 정중히 물은 그녀의 이름은 킴벌리Kimberly, 헬스케어 제품회사에서 신제품 개발을 담당하고 있다고 했다. 요즘 검토하고 있는 제품이 휠체어 사용자들을 위한 물건 집게인데 기존의 제품들은 크고 무거워서 휴대하기 어렵다는 점을 개선해서 외출할 때도 사용하기 좋은 집게를 만들고자 한다고 말했다.

킴벌리는 그러한 상품을 사용하게 될 실제 사용자로서 나의 의견을 구했다. 나는 한 번도 그러한 집게를 사용해 보지 않았지만, 휴대하기 쉽도록 가볍고 휠체어 어딘가에 부착해서 이동이 편하다면 더없이 좋을 것 같다고 말했다. 그리고 나는 제품 디자인을 공부하는 학생이며, 현재 샌프란시스코 주립대학교에서 장애인과 비장애인을 위한 디자인 연구소에서 인턴으로 일하고 있다고 간단히 나를 소개했다. 그러자 킴벌리의 눈이 반짝거렸고, 자신의 사무실로 한번 와줄 수 있는지 물었다. 버스는 곧 내가 내려야 할 곳에 도착했고, 나는 그녀의 연락처를 받은 후 헤어졌다.

집에 돌아온 후 킴벌리에게 나의 소개와 제품 디자인 작업이 있는 포트폴리오를 이메일로 보냈다. 며칠 후 그녀에게서 자신의 사무실로 와서 미팅하자는 답장이 왔다. 가슴이 떨렸다. 미국에서 첫 아르바이트라니. 사무실에서 만난 킴벌리는 세련된 검은 정장을 입고 나를 기다리고 있었다. 알고 보니 그녀는 상품 개발팀의 디렉터였으며, 나의 포트폴리오를 보고 좋았다며 같이 일을 해보자고 했다.

킴벌리는 아이디어 구상을 나에게 부탁했고, 나는 그날 집에 도착하자마자 스케치에 몰입했다. 인터넷으로 관련 상품들을 조사하면서 이 프로젝트에 맞는 아이템들을 찾았다. 시간은 어느새 새벽 4시를 향했다. 몸은 피곤했지만 오랜만에 몰입할 수 있어서 뿌듯했다.

다음 날 나는 작업한 것을 이메일로 보냈다. 미팅 후 이틀 만에 수십장의 스케치를 받은 킴벌리는 이렇게 열심히 작업해 주어서 고맙다며 검토하겠다고 했다. 2주가 흐른 뒤 킴벌리로부터 온 답장에서는 이 프로젝트를 진행하지 않게 되었다며 미안하다는 글과 함께, 나의 열정적인 작업에 대해 진심으로 고맙게 생각하며 작지만 보상을 하겠다는 내용이 적혀 있었다. 그리고 그로부터 일주일 후 400달러가 내 통장에 입금되었다.

액수에 상관없이 나의 작업에 대해 처음으로 인정받은 기분이 들었다. 나중에 알게 된 사실이지만, 그녀는 자신의 이름인 Kimberly의 Kim은 한국인 아버지 성에서 따온 것이라며 유쾌하게 말했다. 그녀는 내가 자기 아버지의 나라인 한국에서 왔기에 더 챙겨주고 싶었던 걸까. 그러나 분명한 건 '한국에서 온 동양인 그리고 휠체어를 탄 여성 장애인'이라는 타이틀 보다, 내가 휠체어를 타면서 가졌던 특별한 경험들이 존중받고, 유용하게 쓰일 수 있다는 것이 디자이너로서, 또 나라는 존재에 대해 자신감을 갖게 했다.

제니스 선생님은 버클리 평생교육원에서 '인생 수업'을 강의했다. 현아 언니와 나는 영어를 배워볼 겸 해서 거의 무료에 가까운 이 수업을 신청했다. 인생수업의 학생 수는 우리를 포함해 여섯 명이 전부였는데, 우리 말고 중국과 몽골 이민자가 있었고, 십 대 흑인 소년 두 명이 있었다.

인생 수업이라는 건 말 그대로 살아가면서 필요한 상식을 알려주는 수업으로, 이를테면 '성교육', '환경오염', '성 정체성' 등 미국이 당면하고 있는 여러 사회 이슈를 같이 생각해 보고 문제를 해결해 보는 내용으로 구성되었다.

60대 후반으로 짐작되는 제니스 선생님은 허리까지 닿는 긴 금발 머리가 찰랑거렸고, 인도나 네팔 전통 의상을 캐주얼하게 개량한 느낌의 옷들을 입었다.

나는 선생님의 수업이 재밌었다. 미국에서 여성 정치 참여 역사가 불과 50년이 되지 않았다며 그와 관련된 이야기를 생생하게 들려주셨는데 이러한 이야기는 미국 어학연수를 해주는 그 어느 곳에서 들어 볼 수 없던 이야기였다. 선생님은 우리에게 답을 제시하지 않고 우리 스스로 생각하게 해주었지만, 본인의 생각이 분명한 분이었다. 나는 점점 선생님이 좋았다. 언젠가 조곤조곤 나의 이야기를 털어놓을 수 있을 것 같았다.

그 시간은 생각보다 빨리 왔다. 어느 날 제니스 선생님은 '용서'라는 주제로 수업을 진행했다. 우리에게 A4 한 장씩 나눠주며, '나에게 상처를 준 사람'에 대해 써보자고 했다. 나는 내 안에 용서하지 못한 유일한 사람인, 중학교 때 나를 진찰했던 고향 대학교병원 의사의 이야기를 서툰 영어로 꾹꾹 적었다. 누구에게도 말할 수 없었던 이야기였다. 그 날의 사건을 잊은 줄 알았지만, 글을 쓰면서 다시 그때의 기억으로 괴로웠다.

나의 글을 읽은 제니스 선생님이 수업을 마치고 잠시 이야기를 나누자고 했다. 텅 빈 교실에서 선생님은 내 앞에 앉았다. 교실 안으로 뉘엇뉘엇 지는 해가 선생님의 긴 금발 머리를 더욱 반짝이게 했다. 선생님은 단호한 눈빛으로 이야기를 시작했다.

"예솔, 나는 예솔이 쓴 글을 보고 분노가 일어났어요. 생명을 위해서 봉사하는 의사가 그런 말을 하다니, 의사의 자격이 전혀 없는 사람이에요. 그에겐 '쓸모없는 사람'이라는 둥 '치료할 가치가 없다'는 둥 그런 말 할 권리가 전혀 없어요. 어떻게 그런 사람이 아픈 환자를 치료할 수 있는지 이해가 가지 않는군요."

선생님은 나를 동정하지 않았다. 얼마나 상처를 입었겠냐며 안쓰러워하지도 않았다. 단지 마치 본인의 일처럼 화를 냈고, 욕을 했다.

뜻밖에 선생님 반응에 나는 울음이 터졌다. 내가 필요했던 것은 '위로'가 아니었다는 것을 알았다. 나보다 더 흥분하며 열을 내주는 것만으로도 치유가 되었다. 인자한 선생님의 얼굴에서 다시 한 번 단호함이 드러났다. 그리고 선생님은 강조하듯 이야기 했다.

"예솔, 예솔의 잘못이 아니에요. 그 사람을 평생 미워해도 돼요."

이제까지 애써 묻어둔 상처가 싸매지는 느낌이 들었다. 제니스 선생님은 언어를 넘어서 무엇이 학생에게 진짜 필요한 말인지 알고 있었다. 신기하게도, 그날 이후 그 사건에 대해 좀 더 담담해졌다. 그리고 용서할 힘이 생겼다.

용서하면 그 일 때문에 내 현재가 흔들리지 않는다. 상처에 연연하지 않고 지금 발붙인 이 땅에서 당당하게 살아갈 것을 제시해 준 '인생 수업'의 제니스 선생님. 선생님이 무척 보고 싶다.

대학교 4학년이 되면서 졸업 후 어떻게 살아야 할지 막막한 한 해를 보냈다. 쉬울 것 같았던 대기업 첫 채용에서 보란 듯이 낙방하자 자신감은 떨어지기 시작했다. 나는 전환점이 절실하게 필요했다. 6개월이면 끝나는 대학생활을 이렇게 종료할 수 없다는 마음이 들자, 막연히 꿈꾸었던 유럽 배낭여행이 떠올랐다. 그래서 더는 지체하지 말아야겠다는 생각으로 여름 방학에 떠나기로 결심했다. 이 여행을 가능하게 해준 것은 나와 비슷한 점이 많은 여행 파트너가 있었기 때문이다.

"네가 예솔이니? 반가워 친하게 지내자!"

웃는 모습이 햄토리를 닮은 언니와 나는 묘하게 공통점이 많았다. 언니를 알게 된 것은 한 재활협회에서 주최한 프로그램에 참여하면서다. 이 프로그램의 모든 참가자가 친목을 다지는 자리가 있었는데, 먼저 나에게 다가와 말을 건넨

것은 언니였다. 언니는 나보다는 한 살이 많았고, 교통사고로 허리를 다쳐 나와 같이 척수 장애인이 되어 휠체어를 타게 되었는데, 1994년 내가 장애인이 되던 바로 그 해였다.

언니와 나는 장애인 스키를 시작으로 종종 같이 국내 여행을 약속하는 사이가 되었고, 이번에 내가 배낭여행에 운을 떼자마자 우리는 구체적인 계획을 세우기 시작했다. 우리 둘 다 유럽은 처음이었지만, 낯선 곳에 대한 두려움보다 설렘이 더 강했다. 사실 휠체어를 타고 도보여행을 어떻게 할지에 대한 그 어떤 정보도 없었지만, 언니와 나는 '불가능'을 생각하기도 전에 몸이 '가능성'을 찾기 위해 바빴다. 여행 가기 전 한 달 남짓을 우리는 여행 준비에 초집중했다.

하지만 엄마 아빠에게 여행을 가겠다고 말하니, 역시나 어떻게 그 멀리까지 둘이서만 가려고 하느냐며 강하게 반대했다. 나는 가기도 전에 가능할지 불가능할지 어떻게 알 수 있겠냐며 일단 가보고 나서 이야기하자고 맞섰다. 사실 나도 부모님의 반대에 잠시 고민을 했지만, 지금이 아니면 기회는 없을 것 같다는 생각이 강하게 들어 꼭 가야겠다고 버텼다. 부모님은 이런 나를 너무나 잘 알고 있었기에, 겉으로는 말렸지만 이미 내 마음을 돌이킬 수 없을 거로 생각했다.

마침내 비행기와 숙소 예약을 모두 마치고 출국을 앞둔 2일 전.

설레는 마음으로 짐을 싸고 있는데, 뉴스 특보가 나왔다. 영국 런던에서 폭동이 일어났다는 것이다. 바로 이틀 후면 우리가 있어야 할 그곳 시내가 아수라장이 된 모습으로 눈앞에 펼쳐졌다. 이어서 한국인 관광객이 폭도들에게 잡혀 돈과 고가의 전자기기를 갈취당했다는 소식이 전해졌고, 런던 한국 주재원에서 여행경보를 내렸다고 했다. 나는 언니에게 긴급히 전화했다. 평소 불가능을 모르는 두 여자는 겁에 질렸다. 당장 이틀 후에 대혼란의 도시에서 단둘이, 그것도 휠체어 타는 동양인 여대생 두 명이 다니다가 성난 폭도에게 표적이 될 것을 상상하자, 두려움이 엄습했다.

언니에게 나는 가지 않는 것이 좋겠다고 말했고 언니도 동의했다. 무척이나 아쉬웠지만 그것이 안전을 위해 맞는 결정이라고 생각했다. 그러나 아빠는 그런 결정을 내린 나에게 처음으로 실망했다고 말했다. 아빠도 뉴스를 봤기에 그곳 상황을 잘 알고 있었고, 여행을 처음부터 반대했던 건 아빠였다. 그래서 나의 여행 취소 결정을 좋아할 거로 생각했는데 예상이 완전히 빗나갔다. 나는 바로 되물었다.

"왜?"

"그렇게 어려울 줄 알고 계획한 여행이면서, 그깟 폭동이 일어났다는 뉴스 하나에 여행 전체를 취소해? 그럼 여행이 편할 줄 알았어? 그런 각오도 없이, 도움을 줄 사람 없이 어디를 간다는 거야."

아빠는 내 마음을 정확히 꿰뚫어 보고 있었다. 내가 두려웠던 것은 폭동이 아니라, 내 속에 있었던 여행에 대한 묵직한 불안함이었다. 나는 여행을 준비하면서도 끊임없이 나 자신과 싸우는 중이었고, 열심히 그리고 철저하게 장소에 대한 리서치를 한 것도 불안함 때문이었다. 그 불안함은 출발이 임박할 때까지 계속 나를 지배하고 있었고, 런던 폭동 뉴스는 그 불안함을 공식적으로 드러내도 되는 좋은 핑곗거리가 된 것이다. 나는 뉴스라는 명분을 앞세워서 내 불안을 잘 숨기고 싶었던 것이다. 그러나 아빠 덕분에 다시 처음으로 돌아가 생각했다.

나는 어떻게 하고 싶은 것일까. 너무나 답답한 마음이 들어 한강을 찾아갔다. 7월 말 열대야로 밤잠 못 이루는 사람들 사이에서 검은 강 위에 주황빛 불빛들을 바라보았다. 가슴이 확 트이는 것 같았다. 그리고 나다운 방법은 아무래도 '포기'는 아니라고, 나에겐 포기가 어울리지 않는다고 생각했다. 그렇게 해서 '포기'가 아니라면, '가자'라는 답을 내놓았다.

　다음날 나는 언니에게 전화를 걸었고, 의사를 번복해서 미안하지만, 여행경로를 조금 수정해서라도 예정대로 다녀오자고 말했다. 언니는 흔쾌히 받아 주었다. 나의 사과도, 그리고 진지한 여행에 대한 열정도.
　아빠에게 다시 가게 되었다고 말하자, 아빠는 짧게 잘 다녀오라고 했다. 그리고 그다음 날 우리는 바로 파리로 떠났다.

언니와 나의 공통점이라면 도전하기를 두려워하지 않고, 세상에 대한 호기심이 많고, 사람들과 잘 어울리는 성격일 것이다. 14시간의 비행 동안 우리는 나란히 앉아 두 끼의 기내식을 먹으면서 많은 대화를 나누었다. 에어 프랑스에 타고 있어서인지 주변에는 검은 머리의 동양인은 없었고, 유럽 사람이 대부분이었다. 우리 말을 알아듣는 사람이 없다는 생각에 주위 사람들을 의식하지 않고 이야기해도 될 것 같아서 좋았다.

나는 긴 시간 동안 언니의 이야기를 들을 수 있었다. 가족 모두가 타고 있는 차를 음주운전 차량이 들이받았고, 그 사고로 부모님과 언니의 동생은 타박상 정도만 입고 무사했지만 언니는 척추를 심하게 다쳤다. 어머니의 이야기를 하며 언니는 처음으로 눈물을 보였다. 기내용 담요를 목 위까지 두르고 불이 꺼진 어두운 기내에서 우리는 한참을 서로 보면서 울었다. 내가 언니 같았고, 언니도 나와 같았겠지. 아무에게도 쉽게 비치지 않았던 눈물이라는 것을 우리는 말하지 않아도 알기에 서로의 마음이 공명하던 시간이었다.

언니는 그렇게 종종 아픔을 꺼낼 수 있는 나의 유일한 창구였다. 그 당시 찔러도 피 한 방울 나오지 않을 만큼 차가운 포스를 풍기며 살았던 나는 다정한 언니 앞에서 와르르 무너지곤 했다. 언니는 누가 묻기 전에 먼저 자기의 이야기를 담담하게 할 수 있었다. 장애를 갖게 된 경위를 나처럼 대충 말하지 않았다. 초등학생이 알아듣기 쉽게 그리고 교육적으로 설명했다. 누구나 장애인이 될 수 있다고 말이다.

그리고 언니는 자기의 장애를 부끄러워하지 않았다. 호기심이 많은 이가 나의 장애 상태에 대해 혹시나 물어볼까 한껏 예민해져 있는 나와는 달랐다. 어떻게 소변 줄을 사용하고, 어디까지 감각신경이 있는지 상세하게 답해 주었다. 성숙한 언니의 행동을 보고 존경심과 함께 부러움을 느꼈다.

언니는 자신의 장애로부터 자유하다고 느끼는 것 같았다. 상식 밖의 일에도 언니 눈빛에는 흔들림이 없었고, 그런 일에 눈물도 아깝다고 여기는 것 같았다. 나와 다른 언니 내면의 강함은 어디에서부터 왔을까 궁금했다. 차갑고 냉정한 세상이 언니를 강하게 만들었을까. 그동안의 무수한 차별 속에서 스스로 강해진 걸까. 그러나 언니를 강하게 한 것은 혹독한 세상이 아니라는 것을 알았다. 언니는 부모님의 이야기를 할 때면 눈빛이 촉촉해졌다. 언니를 세운 것은 사랑이었던 것 같다. 부모님의 큰 사랑.

도착 6시간 전, 언니는 한숨 자야겠다며 덮고 있던 담요를 머리까지 푹 썼다. 나는 우리 부모님과 오빠를 떠올렸다. 1994년 이후 고군분투한 것은 언제나 나

혼자라고 생각했다. 엄마 아빠가 나를 키우면서 겪었을 말 못 할 어려움은 제
대로 보지 않았다. 내가 겪는 것에 비하면 일부분이라고 생각했다.

　잠시 후 잠든 언니를 바라보았다. 언니와 나는 같은 것보다 다른 게 더 많았
다. 언니는 강했고 나는 강한 척을 했다. 언니는 진정으로 자유했고 나는 매여
있었다. 언니는 효녀였고 나는 불효녀였다.

　잠이 오지 않는 파리행 비행이었다.

비행기가 샤를드골공항에 안전하게 착륙하고, 승무원이 다가와 모든 승객이 내린 후 마지막에 우리를 도와주겠다며 잠시 기다려달라고 했다.

드디어 여행이 시작되는구나.

가슴이 터질 듯했다. 설렘과 막막함, 이 두 가지 마음이 공존했다. 잠시 후 건장한 공항 직원 둘이 우리를 데리러 왔고 훈련된 자세로 한 명씩 우리를 들어 휠체어에 앉혀 주었다. 세관 통과 후 짐을 찾는 모든 과정에서 공항 직원은 우리를 떠나지 않았다.

짐을 모두 찾은 후 우리는 지하철을 타고 숙소인 호텔로 가야 했기에 어떻게 지하철을 타야 할지 묻자 공항 직원들은 하얀 이를 드러내며 우리에게 잠시 기다리라고 하곤 서로 분주하게 불어로 의논했다. 그리고는 지하철 티켓 두 개를 끊어 주고 전철 탑승까지 완벽하게 도와주었다. 상냥한 파리지엥을 만나니 기분이 좋았다. 이 여행의 예감이 좋았다.

파리의 지하철은 역사가 오래돼서 역 안에 휠체어 편의시설이 완벽하지 않았다. 모든 역에 장애인 편의시설이 상대적으로 잘 갖춰져 있는 서울의 지하철이 떠올랐다. 파리 지하철 노선표에 표시된 '휠체어 접근 가능wheelchair accessible' 역에서 내려 지상으로 올라가는 지하철 승강기에서 비로소 여행에 대한 결의 같은 것이 솟아나는 기분이었다.

　한국에서 짐을 줄이고 줄여서 왔는데도 큰 배낭 두 개가 꽉 차서, 나는 배낭 하나를 무릎 위에 올리고 다른 배낭을 휠체어 등받이에 있는 손잡이에 걸었다. 몸 크기만 한 짐들이 눈 앞을 가리는 것 같았지만, 우리는 비장한 눈빛으로 열심히 휠체어를 밀었다. 이런 우리를 신기하게 바라보는 파리 시민의 시선이 조금은 불편하게 느껴졌다. 파리 사람들에겐 거리에서 휠체어 탄 사람이 익숙할 것이라고 예상했는데 그게 아닌가 보다.

　고풍스러운 빌딩. 영화에서만 보던 파리의 거리는 낭만 그 자체였다. 30분 정도 지나서 도착한 호텔은 모텔에 가까운 오래된 된 곳이었다. 유럽여행을 준비하면서 놀랐던 점 중 하나는 값비싼 호텔이 아니어도, 대부분의 숙박시설에 장애인 객실이 있다는 사실이다. 파리에서 5일 동안 지내며 머문 모든 호텔은 휠체어로 지내기에 전혀 문제가 없었다.

　장애인의 경우, 한국에서 여행하는 것이 국외여행보다 경비가 더 드는 이유는, 대개 별 네 개 이상의 호텔에 가야 장애인 객실이 있고, 그것 또한 최근에 지어진 호텔에 해당하기 때문이다. 여행지에서 저렴한 가격으로 여행을 즐길 수 있는 이곳 환경이 무척 부러웠다. 장애인 객실은 장애인뿐만 아니라, 거동이 불편한 어르신들도 이용할 수 있다.

미국 장애인법에는 모든 숙박업소에서 장애인 객실을 운영하도록 하고 있으며, 이러한 객실은 이동 편의와 화재 시 긴급 대피가 쉽도록 대부분 1층에 있다. 또 객실 안 화장실이나 침대의 위치가 휠체어로 이동하기 편리하게 설계하도록 가이드라인이 상세히 정해져 있다.

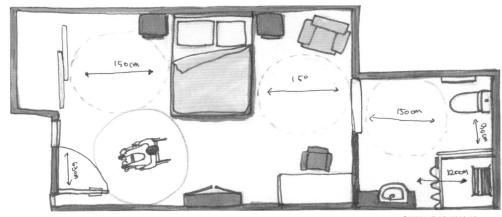

휠체어 호텔 객실 예

호텔에 도착 후 리셉션 데스크에서 키를 받아 방에 가서 짐을 풀고 있을 때였다. 옷을 갈아입고 씻으려고 하는데, 객실 문을 두드리는 소리가 들렸다. 불어 억양의 영어로 "데스크에서 올라왔어요. 도와드릴 게 있나요?"라는 소리가 들렸다. 내가 문을 열자 호리호리한 체격에 진갈색의 곱슬머리를 한 젊은 직원이 수줍게 웃고 있었다. 나도 모르게 미소가 지어졌다. 그 직원은 다시 말했다.

"도와줄 거 없어요? 둘이서만 여행 온 거예요? 와. 멋져요. 어디에서 왔어요?"

그 질문에 나는 한국에서 왔다고 짧게 대답했는데 그 직원은 약간 상기된 표정으로 계속 말을 이었다.

"나는 오늘 밤까지 근무예요. 필요한 일 있으면 언제든지 연락하세요. 저기 침대 옆에 전화기 보이죠? 거기에 다이얼 0번을 누르면 돼요."

"정말 고맙습니다. 필요하면 연락할게요. 그렇지만 지금은 괜찮아요."

나는 흔한 친절이라는 생각에 습관적으로 웃으면서 간단히 말을 맺고 직원을 보낼 생각이었다. 하지만 이어진 그의 대답은 잊을 수가 없다.

"정말이에요. 필요하면 꼭 전화 주세요. 그리고 혹시 지금 씻을 거라면 내가 씻겨 줄 수도 있어요."

농담이라고 넘기기엔 너무 진지한 표정에 나는 문화충격을 받았다.

"도움이 필요하면 꼭 전화할게요. 고마워요."

나는 황급히 말하며 문을 닫았다. 화장실에 있던 언니에게 조금 전에 있던 이야기를 해주자 언니도 황당한 표정을 지었다.

파리에서 첫날, 파리 시민들은 매우 친절했고, 도착까지 모두 순조로웠지만, 지금의 상황은 좀 어리둥절했다.

이튿날 아침, 우리는 루브르 박물관으로 향했다. 이번엔 지하철 대신 버스를 이용해 보기로 하고 버스정류장에 서 있었다. 앉은키 높이에서는 멀리서 버스가 오는지 잘 보이지 않아 도로 쪽으로 고개를 빼고 기웃기웃하고 있었다. 그런 우리가 신기했는지 관찰에 가깝게 우리를 바라보던 중년의 아저씨와 눈이 마주쳤다. 나는 일단 말을 걸었다.

"루브르 박물관 가는 버스가 50번 맞나요?"

배가 볼록 나오고 알이 큰 금테 안경을 걸친 아저씨는 내 질문에 불어로 대답하는 통에 우리는 알아들을 수 없었지만, 몸짓은 자신에게 맡기라고 하는 듯이 노선표를 확인해 주고 멀리서 버스가 오고 있는지 살펴주었다. 마침내 50번이라고 쓰인 버스가 도착하자 많은 사람이 버스 주변으로 모였다. 언니와 나는 버스 기사가 사람들 뒤에 있는 우리를 못 보고 그냥 갈까 봐 마음을 졸이고 있었다. 그때 중년의 아저씨는 기사가 있는 버스 앞쪽으로 다가가 우리의 존재를 확인시켜 주었고, 우릴 확인한 기사는 자리에서 일어나 버스의 뒷문을 열어 경사로를 꺼내주었다. 경사로 위로 휠체어 바퀴를 굴리는데 중년의 아저씨가 함께 내 뒤에서 힘을 보태주었다. 안전하게 우리를 버스에 태우고 나서야 기사는 다른 승객을 태우기 시작했다.

기사에게 우리의 요금을 내려고 동전을 내밀자 그는 단호하게 손으로 막는 제스처를 취했고, 우리에게 어디까지 가는지 확인 후 다시 운전석으로 돌아갔다. 파리에서는 장애인 교통 요금이 무료였다. 우리는 생각지 못했던 횡재에 속으로 환호를 질렀다. 또한 그 중년의 아저씨에게 연신 "Merci, Merci감사합니다. 감사합니다"하면서 창밖으로 손을 흔들었다. 첫 파리 버스 탑승이 무척 순조로 왔다.

버스 타기를 정말 잘했다. 버스가 천천히 시내 구경을 시켜 주는 듯했다. 오래돼서 더 멋진 광장과 화려한 동상들을 구경하면서 연신 사진 찍기에 바빴다. 언니와 나는 마주 보는 형태로 앉았는데, 휠체어 두 대가 여유롭게 앉을 수 있도록 디자인된 저상버스도 마음에 쏙 들었다. 루브르 박물관 앞이라는 안내 방송이 나오자 기사는 좀 전과 같이 일어나 경사로를 꺼내주었다. "Merci Beacoup정말 감사합니다"라고 인사하며 우리는 싱글벙글 버스에서 내렸다.

루브르 박물관에 입장하려면 유리 피라미드 안으로 들어가야 한다. 관광객들이 줄을 맞춰 에스컬레이터를 타고 피라미드 안으로 내려가는 모습이 마치 지하 보물 창고로 들어가는 것 같았다. 그런데 우리는 에스컬레이터를 탈 수 없으니, 어떻게 해야 하나 싶어 또 난감해졌다. 그러길 몇 초가 흘렀을까, 직원 한 사람이 우리에게 그쪽으로 오라며 손짓하더니 심플한 디자인의 버튼을 눌렀다. 그랬더니 투명한 바닥에서 동그란 원통의 엘리베이터가 솟아 나왔다. 우아한 자태를 뽐내는 엘리베이터였다. 마치 SF 영화에 나올법한 광경에 놀랍기도 하고, 우리가 특별한 손님이 된 듯한 기분이 들기도 했다.

관광객들의 시선이 이쪽으로 모였고, 나는 처음으로 부끄러운 마음이 아닌 매우 특별한 감정을 느꼈다. 직원은 우리와 함께 엘리베이터를 타고 지하까지 안내해 주었고, 그다음 경로 안내를 다른 직원에게 전달하고 가는 센스도 잊지 않았다. 여기에서는 특별한 의전을 받는 듯한 기분이 들었다.

매표소를 보니 이미 모든 창구에 티켓을 사려는 사람들로 꽉 찼다. 유럽여행에서 이런 불필요한 시간을 절약하기 위해서 미리 온라인으로 티켓을 사라는 팁을 여행책에서 본 듯했지만, 우리는 여행이 엎어질 뻔한 상황에 그럴 여유가 없었다. 할 수 없이 긴 줄 끝에 섰는데, 또 다른 직원이 우리에게 다가와 서툰 영어로 따라오라고 말했다. 어리둥절한 우리는 그를 따라갔고, 미로 같은 복도와 여러 문을 지나 엘리베이터로 안내해 주었다.

우리는 가던 길을 멈추고 그에게 티켓을 사야 한다고 말했다. 하지만 그는 짧게 "You don't have to pay for that당신은 무료입니다"라고 대답했다. 한화 2만 5천원 가량 되는 입장료가 무료라니! 그러고 보니, 우리 말고도 휠체어를 타고 온 관광객들이 프리패스로 입장을 하는 것이 그제야 보였다. 버스 요금에 이어 박물관 입장료까지 공짜를 맛보고 무척 기쁜 나머지, 우리만 알고 있는 알짜 여행이 된 것같이 의기양양한 기분이 들었다.

루브르 박물관의 유명작 모나리자를 보기 위해 우리는 '모나리자 관'을 찾아갔다. 입구부터 사람들이 빽빽이 있었는데, 모나리자를 보기 위해서 전 세계에서 온 사람들을 구경하는 것도 재미있었다. 하지만 여기까지 와서 사람들의 뒷

모습만 볼 수는 없다고 말하는 순간! 우리를 발견한 한 여성 직원이 우리 앞을 가로막고 있던 사람들에게 길을 비켜달라고 했다. 사람들은 미안하다고 하며 웃는 얼굴로 우리가 먼저 지나갈 수 있게 비켜 주었다. 마치 홍해가 갈라지듯이 사람들은 길을 내주었다. 직원의 섬세한 의전 아래 우리는 모나리자를 가장 가까운 곳에서 관람할 수 있었다.

생각보다 너무나 작은 그림을 보고 우리는 "진짜 쪼그맣다. A4용지만 한데?"라며 수다도 떨고, "그래도 명작은 명작이다. 섬세한 배경 좀 봐"라고 이야기하며 한참을 다른 사람들을 의식하지 않고 볼 수 있었다. 우리 뒤로 2m 정도 떨어진 곳에서 모나리자를 감상하는 군중을 보면서 그들이 모나리자를 보고 있는 건지, 우리 둘을 보고 있는 건지 이상한 기분이 들 정도였다.

루브르는 시대와 공간을 뛰어넘는 전시장이었다. 다양한 콘텐츠를 담는 전시 건축의 색다름도 이 루브르 박물관 여행에 큰 묘미였다. 재밌었던 것은 휠체어 이용자를 위한 편의시설의 기능과 형태가 주변 인테리어에 어울리게 모두 달랐다. 고대 건축양식을 재현한 듯한 석제 돌계단을 만났는데, 주변을 둘러보았지만 흔히 보았던 경사로든가, 엘리베이터가 없었다. 우리는 이 전시장은 휠체어 접근이 안 되나 싶어 체념하려고 하는데, 또 어디선가 직원이 다가와 우리를 기둥 뒤에 안내했다. 그곳에는 계단 색과 매우 유사한 크림색의 리프트가 있었다. 경관을 해치지 않으면서 장애인이 접근할 수 있는 제 역할을 다하도록 설계된 것을 보고 나는 감탄사가 흘러나왔다. 이 오래된 박물관에서 가능한 모든 사람이 똑같은 경험을 할 수 있도록 고민했던 설계사의 노력과 그 흔적이 고스란히 느껴졌다.

한국에서 여행할 때면 종종 느끼는 실망감과 체념들이 있다. 대학을 다닐 때 조선 궁궐 건축 양식을 보고 리포트를 쓰는 과제가 있어서 나는 경복궁을 찾았다. 마침 그날은 궁 실내를 개방했는데, 사람들이 디딤돌 위에 신발을 벗고 들어가는 모습을 보고, 나는 문화재단 직원에게도 내가 들어갈 수 있게 도와달라고 요청했다. 하지만 그는 휠체어 바퀴로 나무 바닥이 상처가 날 수 있다며 거부했다. 나는 휠체어 바퀴는 고무이니까 그럴 일은 없을 것이고, 그래도 걱정이 된다면 조심히 움직이겠다고 다시 한 번 요청했다. 그런데도 안 된다는 답변에 나는 이것은 장애인 차별이라며 응수했고, 시끄러운 일을 만들고 싶지 않았는지 직원은 그제야 마지못해 나를 올려주었다. 궁 안에서 움직이지 않고 한 자리에 있을 것을 신신당부하면서.
나는 죄를 지은 사람처럼 느껴졌다. 그의 감시 속에서, 다른 관광객의 뜨거운 시선을 받으며 아무것도 하지 못하는 나 자신이 무기력해지는 기분이 들었다. 무엇을 보고 있는지도 모르겠고 그냥 황급히 그 자리에서 벗어나고 싶었다. 그러나 내려갈 때도 결국 저 직원의 도움을 받을 수밖에 없는 이 상황, 내 걸음으로 그 자리를 박차고 나올 수 없는 이 처지가 못 견디게 싫었다. 내 잘못이 아니라는 걸 잘 알면서도, 왜 그렇게 서글펐는지.

다시 한 번 한국에서의 쓰린 경험이 떠올랐다. 프랑스 사람들의 몸에 밴 타인에 대한 배려, 특별히 지체 장애인에 대한 성숙한 매너들, 그리고 그에 걸맞은 훌륭한 도시 건축의 설계를 경험하면서, 휠체어 타고 여행하는 게 특별히 어렵지 않은 이런 곳에 산다면 매일매일 즐거울 것 같았다.

프렌치 시크

    첫날부터 우리에게 쏟아진 파리 시민의 높은 관심이 무척 어리둥절했던 이유는 파리 사람들이 관광객에게 무척 불친절하다는 명성이 자자했기 때문이다. 길을 물으면 쌩하고 지나가기 일쑤이고, 가끔 가던 길을 멈추고 응대해 주는 파리 시민은 영어를 알아듣는 것 같은데, 답변은 불어로 설명해 주는 바람에 기분이 나빴다는 후기들이 유럽 배낭여행 인터넷 카페에 많았다.

    영어도 안 통한다고 하니, 언니와 나는 서로만 의지하며 어떻게든 헤쳐나가 보자는 각오로 찾아다닐 생각이었다. 그런데 파리는 미국처럼 거리 이름만 알고서는 길을 찾기 쉽지 않았고, 여긴지 저긴지 헷갈려서 골목을 들어갔다 나왔다 하기 일쑤였다.

    오르세 미술관을 가기 위해 버스를 타려고 정류장에 섰다. 우리 생각엔 거리상 굉장히 가까운 것 같은데 가지고 있던 스마트폰에서는 버스를 타라고 안내했다. 마침 우리 옆에서 버스를 기다리던 젊은 여성 둘이 눈에 띄었다. 직관적으로 내 나이와 비슷해 보이는 이 두 여성에게 시선이 꽂혔고, 생각보다 앞선 입에서는 "오르세 미술관이 어딘지 아세요?"라는 말이 불쑥 나왔다. 둘은 이야기를 하고 있다가 뒤에서 내 말소리가 들리자 동시에 나를 돌아보았다.

그녀의 아프로캔 스타일강한 곱슬머리이 귀여워 보였다. 하지만 고개를 갸우뚱거리는 게 나의 영어를 이해하지 못한 것 같았다. 나는 갖고 있던 파리 지도를 가리켰고, 그제야 그 여성은 잠시 거리 쪽으로 고개를 돌려서 오르세 미술관의

위치를 찾더니, 다시 우리에게 고개를 돌리며 미소를 지었다.

"여기서 가까운데, 우리가 밀어줄까요?"라고 말하는 듯이 느낀 것은 나의 직감이고 그 친구는 영어를 잘 못 하는지 대신 웃으면서 어느새 내 휠체어 뒤에 가서 손잡이를 잡고 있었다. 그녀의 옆에 있던 금발의 친구는 언니의 휠체어를 잡았다. 그들은 우리의 목적지인 오르세 미술관까지 밀어주었다.

같이 걸어가는 동안 대화를 건네고 싶었지만, 나는 그냥 고개를 위로 돌려 그녀의 갈색 얼굴을 바라보았다. 휠체어 미는 게 재밌다는 표정이었다. 오르세 미술관까지는 도보로 5분 정도 걸렸다.

둔탁한 돌바닥을 밟고서 약간의 경사로를 올라가야 했다. 혼자 밀었다면 조금 힘들었을 것 같은 길이었다. 이 씩씩한 여자 친구들이 고마웠다. 그녀들은 우리를 미술관 입구까지 밀어주고는 "안녕, 조심히 가요!"라고 영어로 인사했다. 우리는 "Merci Beaucoup! Au revoir! 정말 고마워요, 잘 가요!"라고 크게 답했다.

바람같이 사라진 그녀들을 바라보면서 우리는 다시 힘이 났다. 쌀쌀맞은 파리지엥(?) 그 예상을 뒤집고, 파리 시민은 거리에서 우리와 눈이 맞으면 잘 웃어 주었고, 카페, 미술관, 쇼핑몰 어디를 가든지 늘 준비된 가디언처럼 우리를 지켜보았다. 파리에서 첫째 날 길 건너편에서부터 우리를 뚫어지라 쳐다보았던 이유도 우리가 '신기해서'가 아니라 우리가 잘 가고 있는지 지켜보기 위함이었다는 것을 파리 여행 막바지가 되어 알게 됐다. 프렌치 시크는 눈에 보이는 패션 감각일 뿐만 아니라, 무심한 것 같지만 따뜻하게 챙겨주는 사람들의 내면이었다.

베를린의 밤거리에서

활력이 넘치던 초반과 달리 점점 우리의 체력은 방전되어갔다. 그도 그럴 것이, 아침 일찍 호텔을 나와서 내내 이곳저곳 돌아다니다 보면 밤 10시가 다 돼서야 다시 호텔에 들어왔다. 몸이 지치자 우리는 급격히 말수가 줄었고, 우리가 이 여행을 과연 끝까지 할 수 있을까 생각했다. 다시금, 여행 전 우릴 향한 많은 사람의 걱정 어린 염려의 말들이 떠올랐다.

"그 먼 길을, 어떻게 휠체어 탄 너희 둘만 간단 말이야?"

배낭여행에 대한 패기와 열정만 있다면 모든 것을 할 수 있으리라는 생각으로 이 먼 길을 떠난 우리가, 휠체어를 탔다는 사실보다 지금 내 곁에 누구와 그 길을 가는지가 훨씬 중요하다는 걸 알게 되었다. 지친 언니를 볼 때면, 언니의 휠체어를 밀어주고 싶은 마음이 들곤 했으니까…….

베를린 사람들은 파리 사람들과 달리 장애인에 대해 특별한 관심을 보이지 않기에, 도와달라고 말하기 전까지 그들은 우리를 그냥 지나치곤 했다. 하루하루가 지날수록 등과 팔에 파스가 늘어났다.

베를린에서 마지막 날, 브란덴브루크 문 개선문을 보려고 길을 나섰다. 저녁 먹을 시간이 되어 핫도그 가게에 들러 주문하고 만들어지기까지 기다리고 있었는데, 우리 옆을 지나던 사람 중 한 명이 "한국 분이세요?"라고 물었다. 깜짝 놀라 얼굴을 올려보니 한국 사람이었다. 나도 모르게 "안녕하세요!"가 튀어나왔다. 긴 검은 머리를 하나로 묶은 남자가 너스레를 떨며 "와 여기서 한국 분을 만나니 반갑네요. 여행 오신 거예요?"라고 물었다. 그리고 그 옆에는 또 다른 한국인 일행이 있었다.

"네, 여행 왔어요."

우리의 대답에 그들은 어디 가는 길이냐며 다시 물었고, 우리는 브란덴브루크 문에 가는 길이었는데 살짝 길을 잃었다고 말했다. 그들은 여기서 브란데브루크 문까지 지하철로 가기엔 조금 번거로울 것 같다고 이야기하면서 잠시 자기들끼리 이야기를 나누더니 우리를 그곳까지 데려다주겠다고 했다. 언니와 나는 약간 멈칫하며 서로 얼굴을 번갈아 보았다.

"우리 나쁜 사람들 아니에요. 믿어도 돼요. 우리 교회 다녀요."

그 옆에서 미소 짓고 있는 푸근한 인상의 일행이 우스갯소리를 했다. 잠시 망설였지만 언니와 나는 정말 감사하다며 호의를 받았고, 두 명의 남자가 언니와 나를 각각 맡아서 휠체어를 밀었다.

그 시각이 해가 저무는 7시였다. 그제야 도시가 눈에 들어왔다. 얼마나 아름다운지 하나씩 눈에 담을 수 있었다. 딱딱해 보였던 건물과 사람들 위로 붉고 노란 석양이 내리자 프랑스에서 느꼈던 낭만과는 또 다른 느낌이 들었다. 집으로 가는 느낌이 들었다. 이렇게 여행을 마치고 편안한 집으로 가는 길.

휠체어를 처음 밀어본다며 우리가 조금이라도 다칠까 봐 연신 미안해하며 조심스럽게 밀던 한국 사람들은 역시나 정이 많았고, 가는 동안 우리를 즐겁게 해주려고 던진 농담들 속에서 긴 유학생활의 초연함까지 느껴졌다. 40분을 천천히 걸어서 브란덴브루크 문에 도착한 것 같다.

브란덴브루크 문 앞 넓은 광장에서 우리는 기념사진을 찍었는데, 아름다운 브란덴브루크 문 보다, 이 사람들의 마음이 더 아름다웠다. 우리를 위해 숙소로 가는 버스 편까지 알아봐 주고, 우리가 버스에 탑승하여 떠나는 모습까지도 손을 흔들며 지켜봐 주었다. 우리도 그들이 보이지 않을 때까지 창밖을 바라보며 손을 흔들었다. 버스가 코너를 돌아 그들이 시야에서 사라지고, 비로소 마주 앉은 언니와 나는 서로를 바라봤다. 우리의 눈에 이미 눈물이 그렁그렁했다.

이 여행이 불가능할 거라는 사람들의 이야기가 무시할 수 없는 현실로 다가올 때, 다 놔버릴 용기도 없어서, 그래도 남은 체력을 쥐어짜 내서라도 가야 한다는 의지 하나로만 길을 나선 우리, 그러나 어디선가 또 나타나서 기꺼이 우리의 도전을 응원하고 실제로 힘을 보태 주는 사람들이 있었다.

　배낭여행의 마지막 종착지, 네덜란드 암스테르담에 도착했다. 암스테르담에서의 숙소는 게스트하우스였다. 방안은 형광등이 깜빡깜빡 한 게 어두침침한 분위기를 더했다. 우리는 뜨악한 맘을 애써 지우려는 듯이,

　"언니! 나 처음으로 이런 방에서 자본다! 언니도 처음이지?"

　"응, 게다가 바깥보다 실내가 더 추운 거 같아."

　우리는 저녁을 먹기 위해 무거운 몸을 일으켰다. 밖을 나오자 더 많은 사람이 거리에 오갔다. 광장에는 마치 우아한 마차가 지나갈 것 같았고, 그 안에서 너플 거리는 드레스를 입은 백작 부인이 나올 것 같은 배경이었다. 이국적인 풍경을 넋 놓고 바라보는데 '투두둑' 머리 위로 빗방울이 떨어졌다. "어? 언니 비다!"라고 말하기 무섭게 갑자기 비가 쏟아졌다. 하늘에서 큰 대야로 물을 붓는 것 같았다. 우리는 서둘러 건물과 건물 사이의 천막이 쳐있는 공터로 비를 피했다. 어느새 어두컴컴했던 공터가 우리와 같이 비를 피하려는 사람들로 가득

찼다. 모두가 시원하게 쏟아지는 빗줄기를 바라보며 서 있었다. 유럽에서 맞은 첫 비라며 우리는 약간 신나있었다. 하지만 비는 잠깐 내리고 말 것 같지 않았다. 빗방울이 점점 더 굵어졌고 이미 몸이 젖은 언니와 나는 치아가 위아래로 따닥따닥 부딪혔다. 근심이 가득한 우리 옆에 있던 금발의 짧은 머리를 한 마른 몸매의 중년 여성이 말을 걸었다.

"비가 정말 많이 오죠?"

"네, 언제쯤 그칠까요? 우리는 조금 전에 암스테르담에 왔거든요."

내가 그녀를 바라보며 이야기하자, 쏟아지는 비를 보며 그녀는 우리가 어디에서 왔는지, 이름이 무엇인지, 머무는 곳은 어디인지 물었다. 그녀의 이름은 메기. 자전거를 타고 시내에 나왔다가 집에 가는 길이었다고 한다. 이야기를 나누는 동안 비가 점점 잦아들었고, 메기는 우리에게 숙소까지 데려다주겠다고 했다. 우리는 물을 사기 위해서 먼저 상점에 들러야 한다는 말하니, 메기는 비가 또 언제 올지 모르니 일단 빨리 숙소로 가고, 물은 자기가 사다 주겠노라고 했다. 몸에서는 점점 더 심하게 한기가 느껴졌기에 우리는 팔로 몸을 웅크리며 고개를 끄덕였다.

그녀는 자신의 자전거를 가로등에 매어 놓고 나의 휠체어를 잡았다. 나는 본능적으로 나 말고 언니를 밀어주라고 말했다. 내 팔도 아팠지만 그래야 할 것 같았다. 서둘러 숙소에 들어왔고 그녀는 우리에게 곧 돌아오겠다고 말하고 방을 나갔다. 메기를 우연히 만나서 또 뜻밖에 도움을 받았다고 감동의 세리머니를 할 새도 없이 우리는 옷을 갈아입고 침대에 들어가 체온을 지켜야 했다.

잠시 후 문을 '똑똑' 두드리는 소리가 들렸다. 방문을 열자 비에 젖은 메기가 생수 한 상자를 들고 있었다. 그리고 네덜란드 풍차와 튤립이 그려진 파란 알

루미늄 통에 담긴 쿠키가 생수 상자 위에 있었다. 무거운 생수를 우리 앞에 내려놓으며, 우리에게 쿠키 상자를 건넸다. 네덜란드에 온 기념 선물이라며 쿠키 맛을 보면 좋겠다면서. 생수 한두 병을 부탁했는데, 생수 한 상자를 사 왔다. 이걸 이틀 동안 어떻게 먹지 아니, 어떻게 이런 호의를 받을 수 있지……. 언니와 나는 잠시 머리가 멍했다. 우린 메기에게 얼떨떨한 표정으로 "아, 정말 고마워요. 그런데 우리는 이렇게 많은 생수가 필요하지 않아요. 메기, 두 병만 남기고 가져가세요." 그랬더니 메기는 우리를 꼭 안아주었다. 갑자기 가슴이 따뜻해졌다.

메기의 눈에 눈물이 고여 있었다. 자기는 오랫동안 간호사로 일했고, 우리의 도전을 격려해 주고 싶다고 했다. 메기가 하는 말을 다 알아들을 수는 없었지만, 그의 마음이 고스란히 전해졌다. 좀처럼 남에게 눈물을 보이지 않는 우리는 그 순간 메기에게 마음을 다 열었다. 우리가 생수의 값을 물었지만 한사코 거절하며 자기의 선물이라고 했다.

그녀는 눈물을 훔치며 더 있으면 북받쳐오르는 감정을 주체할 수 없을 것처럼 도망가듯이 자리를 떠났다. 그녀의 뒷모습이 공간 속에 남았다. 언니와 나는 그녀가 놓고 간 열 맞춘 20병의 생수를 바라보면서, 나를 키운 엄마의 사랑이 이 먼 타지에서 느껴졌다. 아낌없이 주는 사랑. 계산 없는 선물.

나를 강하게 만든 것은 세차게 쏟아지는 소나기가 아니라, 빗속에서 같이 걸었던 언니와 우주를 닮은 사랑이었다.

다음날 암스테르담의 하늘은 희뿌연 했다. 추위에 떨며 오들오들 침대에서 선잠을 잔 우리는 반고흐 미술관을 갈 예정이었다. 고흐의 그림을 너무 좋아하는 언니와 나는 파리 오르세 미술관에 소장된 그의 작품 「별이 빛나는 밤에」를 보고 암스테르담에 있는 반고흐 미술관을 점점 더 기대하게 되었다. 우리는 지난밤의 피로함 대신, 다시 벅차오르는 기대감을 안고서 가벼운 옷차림으로 숙소를 나왔다. 암스테르담에서도 우리는 대중교통을 이용하려고 전차 정류장을 향했다.

그때 마른하늘에 다시 비가 오기 시작했다. "어어어?"하는 사이에 장대 같은 비가 내렸다. "언니 달려!" 우리는 더 빠르게 휠체어를 밀었다. 눈앞에는 다리가 보였다. 우리는 재빨리 다리 밑으로 피했다. 그리곤 준비해 온 우비를 꺼내서 입었고, 말없이 서로의 우비 매무새를 챙겨주었다. 또한 우리의 눈빛에는 비장함이 흘렀다. 비는 그치지 않을 것 같았다. 언니와 나는 약 100m 남은 길을 내달리기로 했다. 나는 "언니 준비됐지?"라고 물었고 언니는 짧게 "응."이라고 답했다.

우린 달렸다. 우비를 입었지만, 소매 안으로 비가 금세 들어왔다. 운동화와 다리, 휠체어 등받이에 달린 가방은 이미 흠뻑 젖었다. 빗물이 손바닥 안에 흥

건해져서 바퀴 손잡이가 제대로 컨트롤이 되지 않았지만, 넘어지지는 않았다. 사실 이렇게 빗속을 달리는 경험이 처음이었다. 신나서 "꺄꺄" 작은 환호성을 질렀다. 비 오는 날 휠체어 두 대가 신나게 달리는 광경을 본 사람들은 고개를 돌려 눈을 휘둥그레 뜨며 바라봤다. 잠시 길거리에 펼쳐진 파라솔 밑으로 피하자, 바로 옆 테이블에 앉아있던 여성이 깜짝 놀라면서 "어머 정말 대단해요"라고 말했다. 마침내 전차를 잡아탄 우리는 안도의 한숨과 함께 "크크큭" 웃었다.

"언니 우리 진짜 대단하다 그렇지? 또 해냈어."

전차 안은 평온했다. 비 오는 날 창밖에 아기자기한 시냇물과 고풍스러운 옛 도시의 풍경이 수고했다며 반짝 거리는 것 같았다. 창가에 비친 우리 모습이 꼭 물에 젖은 햄토리처럼 더 귀여워지긴 했는데, 얼굴에는 여행 막바지의 피곤함이 쌓였고 헝클어진 머리가 볼만했다. 그러나 즐거웠다. 뭔가 가슴이 후련했다.

한국에서는 절대 하지 않았을 경험이었다. 비를 맞고 걸어갈 용기를 아마 내지 못했을 거다. 주변을 의식하지 않고서 내달리는 경험을 과연 살면서 얼마나 할 수 있을까? 우리에겐 이 여행을 마치고 집으로 돌아가면 4학년 2학기가 기다리고 있었다.

졸업 후의 삶, 취업, 사랑, 나의 인생, 미래에 대한 두려움과 불안함이 엄습할 때면 언니와 빗속을 뚫고 갔던 일을 생각한다.

'웃으며 가보자. 폭우를 맞으며 끝까지 갔던 우리니까. 이것도 할 수 있다.'

사실 희망은 자기 자신을 설득하는
거짓말일 때가 있다.
그래서 어떤 경우에는 차라리 부질없는
희망을 접어버리게 마음에 평정을 가져온다.
하지만 희망을 버리면 죽을 수밖에 없을 때
선택할 일은 오직 하나다.
그 거짓말이 현실이 되도록 사력을 다하는 것.
희망은 아무도 없는 데서도
그렇게 혼잣말하면서 스스로 커가는 것이다.

『일 분 후의 삶』, 권기태

5장
보이는 게
다가 아니다

오래 봐야 잘 보인다

쉬운 것은 하나도 없었다. 앞서 언급한 대기업 신입사원 채용 면접에서 인생 첫 실패를 겪고, 그해 채용이 열린 모든 대기업의 문을 두드렸지만 모두 탈락했다. 서울의 깊은 밤에 꺼지지 않는 그 수많은 빌딩 불빛 속에 나를 위한 자리 하나 없을까. 기본적인 스펙을 보는 서류 심사에서는 무난하게 통과했지만, 면접에서 늘 떨어졌다. 계속되는 탈락 때문에 졸업하고 어떻게 살아야 하는지 머리가 복잡해졌다. 면접을 가면 내 휠체어가 평소보다 더 눈에 띄는 것 같았다. 내가 가진 경험과 남다른 의지를 봐주면 좋겠는데…….

간혹 대기업에서 장애인 고용 의무를 지키기 위해 '장애인 특별채용'이 열려서 지원했지만 모두 떨어졌다. 이상하게도 장애인 특별채용 면접장에 가보면, 눈에 띄는 장애인은 나 혼자였다. 겉보기에 '장애인다운 것'은 또 다른 편견이겠지만, '서류상' 장애인이 많다는 것을 그때 알았다.

한 기업 채용 면접 때 일이다. 나와 같이 면접을 본 푸른색 정장을 입은 지원자는 본인이 군대에서 축구를 하다가 발목을 다쳐서 지체 6급 장애인이 되었는데, 걷고 뛰고 심지어 등산하는데도 문제가 없다고 면접관에게 자신을 어필했다. 그러자 그 면접관은 매우 흡족해했다. 그때 기업이 나와 같이 '중증' 장애인보다는 '경미한' 장애를 가진 지원자를 선호한다는 것도 알게 되었다. 어쨌든 몇 번 없는 장애인 특별채용에서조차 탈락하고 나니, 내가 과연 일반 대졸 채용에 승산이 있을까 하는 마음이 들면서 자신감도 동시에 바닥으로 떨어졌다.

어려운 취업이 단연 내 장애 때문만은 아니었을 것이다. 같이 졸업하고 취업을 준비하는 디자인과 4학년 모두가 취업과 각자의 진로 때문에 힘들어했다. 나는 어쩌면 내 장애를 이 쉽지 않은 상황에 변명거리로 만들고 싶었는지도 모른다. 서울대학교 입학 면접에서부터 나를 봐오신 박영목 교수님은 내게 따끔한 한마디를 하셨다. 교수님께 조금이라도 위로를 받고자 했던 나는 불평이 쏙 들어갔다.

"넌 네가 그 회사에 맞는 사람으로 준비되었다고 생각하니? 그곳에서 왜 너를 뽑아주지 않느냐고 생각하지 말고, 네가 그 회사를 위해 뭘 준비했는지 생각해 보면 좋겠다."

나는 졸업 학기를 앞두고 고민이 쌓여만 갔다. 졸업 과목 수업이 있던 어느 봄날, 그날따라 갑자기 디자인학과장이신 권영걸 교수님께 내 상황을 말하고 싶었다. 왠지 교수님이라면 이 문제에서 나를 도와줄 수 있을 것만 같았다. 절호의 타이밍이란 이런 걸까. 수업이 끝나자마자 강의실을 떠나시는 교수님의 뒤를 쫓아 다급하게 불렀다.

"교수님, 저 잠깐 상담할 수 있을까요?"

나는 교수님께 그동안의 취업에 대한 노력과 함께 조심스럽게 내 고민을 말씀드렸다.

"요즘 취업을 준비하고 있는데 매번 면접에서 떨어져요. 기업에서는 아직 장애인을 고용한 사례가 많지 않다 보니, 제 능력보다는 제 장애를 염려하는 것 같아요. 교수님께서는 저를 입학할 때부터 봐오셔서 아시잖아요. 제가 수업 참석을 정상적으로 하고, 친구들과도 잘 지내는 걸요. 제가 정말 기업에서 일할 수 없는 걸까요?"

교수님은 내 이야기를 진지하게 듣고 난 후 나를 격려해 주셨다. 나에게 '착실한 학생'이라고 말씀해 주셨는데 그것이 결정적인 힘이 되었다. 그 한마디가 나에게 절실히 필요했던 것 같다. 교수님의 방을 나오며, 마지막으로 남은 KT에 사활을 걸기로 다짐했다.

KT 면접은 1차 인성 면접과 실무 면접이 있었고, 2차 임원 면접으로 최종 합격자를 가렸다. 1차 실무 면접장 앞에서 두근거리는 가슴을 안고 나는 깊게 심호흡을 했다.

'저 문을 열고 들어가면 나를 기다리고 있을 면접관들을 다 내 편으로 만들어보자.'

작은 테이블 하나를 사이에 두고 지원자와 면접관들이 서로 같은 눈높이에서 마주 보며 꽤 편안한 분위기로 면접이 시작했다. KT 면접은 40분 동안 한 명의 지원자를 앞에 두고 세 명의 면접관이 집중적으로 질의응답 한다. 확실히 40분 동안 나에게 온전히 집중되는 면접은 유리했다. 서울대학교 경력개발센터에서 취업 상담 지도를 받았을 때, 김율희 선생님은 "예솔 학생이 얼마나 괜찮은 사람인지 알아보려면 긴 시간이 필요해요"라고 말씀한 적이 있었다. 그 말을 기억하며, 다른 지원자를 의식하지 않아도 되는 상황에서 나만이 가진 장점을 하나씩 진솔하게 설명했다. 면접관들에게도 그런 나의 모습이 긍정적인 인상을 남긴 것 같다. 직무에 대한 이야기가 주로 오가다가, 면접이 끝나갈 즈음 면접 내내 유일하게 질문을 하지 않고 듣고만 있던 한 면접관이 입을 뗐다.

"지원자는 몸이 불편한데도 대학교를 졸업하고, 미국도 다녀오고, 여러 가지 공모전 활동을 했군요……. 오늘 여기 면접장까지 오는 데 있어서, 그리고 앞으로 우리 회사에서 생활하는 것에 있어서 불편하지 않겠어요?"

드디어 '예상 질문 리스트' 25번 중 10번에 해당하는 질문이 나왔다. 전날 밤 아빠와 함께 면접 모의 연습을 하면서 교과서같이 준비한 모범 답안이 있었지만, 나는 잠시 숨 고르기를 한 후에 생각나는 대로 말했다.

"지금까지 다닌 학교들이 입학할 당시에는 모두 계단뿐이고, 엘리베이터가 없어서 저에겐 불편한 환경들이었습니다. 그러나 한 번도 불편하다고 느낀 적은 없었습니다. 그건 언제나 좋은 친구들과 선생님을 만났기 때문입니다. 늘 새로운 학교나 새로운 장소에 갈 때마다 저와 같은 장애인은 이전에 없었기 때문에 처음에는 저를 생소하게 봤습니다. 그런데 그런 느낌은 금세 사라지는 걸 느꼈습니다. 그래서 저는 KT에서의 생활도 걱정하지 않습니다. 오늘도 여기에 오기 위해서 직접 운전해서 왔습니다. 그리고 면접장에 도착해서는 저를 발견하신 안내 직원께서 적극적으로 도와주셔서 불편함을 전혀 못 느꼈습니다."

장장 반나절이 걸린 면접은 끝났다. 그리고 2주 후 KT 최종합격 소식을 들었다. 나는 대학교 입학에 이어 또 한 번 장애인 특혜 없이 회사에 들어가게 되었다. 사실 대학교만 들어가면 그 이후의 삶은 술술 풀릴 것 같았던 내 생각이 얼마나 교만하고 어리석은 것인지 취업하면서 다시금 알게 되었다. 현실은 그런 나와 '장애인 고용 활성화'라는 목적을 비웃기라도 하듯 정반대로 흘러가고 있었다.

  미래에 대한 고민과 걱정이 깊었지만, 난 집에 틀어 박혀있지는 않았다. 나는 여러 번의 시도 끝에, 마침내 나를 알아봐 주는 회사를 만났다. 미리 두려워해서 아예 시도조차 하지 않았다면, 교수님의 '착실한 학생'이라는 인증은 받지 못했을 것이고, 집중 면접이라는 기회 또한 얻지 못해 취업이라는 관문을 넘기 힘들었을 것이다.

  갖가지 어려운 상황 뒤에 숨어 '도전'하지 않을 아주 적합한 합리화를 찾는 것에 자기 인생의 가능성을 스스로 제한하지 않았으면 좋겠다. 하나의 문이 닫히면, 또 다른 문이 열려있다. 우리가 할 일은 마음을 굳게 먹고 문을 여는 것이다.

우당탕탕 휠체어 신입사원

   나의 KT 입사 기사가 주요 일간지에 실렸다. 지체장애인 1급임에도 불구하고 '대졸 신입사원 공개채용'에서 어떠한 장애인 우대 혜택 없이 당당하게 합격했다는 내용이었다. 부모님은 자식 일이니까 무척 자랑스러워했지만, 사실 나는 이런 기사들이 나오면 기쁘고 또 슬프다. 슬픈 이유는 얼마나 우리 사회에서 장애를 가진 사람들과 함께 공부하고, 일하는 그 일상적인 일들을 보기 어려우면 이 소재가 기사화가 될 정도로 '대단하고, 놀라운 일'인가 싶기 때문이다.

   하지만 기사 덕분에 나의 회사 생활이 수월한 부분도 있었다. 회사에서는 기사를 통해서 나의 필요를 미리 알고서 준비해 주었다. 건물의 가장 낮은 층에 내가 속한 부서 사무실을 배치해서 이동 거리를 줄이게 해주었고, 장애인 화장실을 그 사무실에서 가장 가까운 곳에 추가로 설치했으며, 운전해서 통근하는 나를 위해서 새로운 장애인 주차구역까지 만들어 주었다. 이 모든 것이 내가 요청하지 않았는데도 회사에서 미리 준비해 준 것이다.

휠체어 장애 근로자가 일할 수 있는 완벽한 환경이었다. 하지만 환경보다 같이 일하는 사람들과의 보이지 않는 벽이 허물어지기까지는 내 생각보다 오랜 시간이 필요했다.

부서에 배치받은 첫날, 나는 팀원들에게서 생경한 표정을 맞닿아야 했다. 말하지 않아도 나는 어색한 공기를 감지했다. 특히 나의 멘토이자 선배였던 양윤선 과장님이 나를 처음 보던 눈빛이 잊히지 않는다.

걱정스러운 눈빛. 내가 앞으로의 회사 생활을 어떻게 할 것인지 염려가 담겨 있었다. 과장님도 나처럼 스물다섯 살에 KT에 입사해서 15년째 근속 중이었기에, 이러한 조직에서의 생활이 만만치 않음을 잘 알고 계셨다. 반면에 마치 이제 막 땅 위로 올라온 파릇파릇한 새싹과 같은 나는 모르는 게 너무 많았다.

아침 9시에 임원이 배석하는 회의에 나는 10분 늦었다. 모두가 자리에 앉아서 나를 기다리고 있었다. 내가 헐레벌떡 자리에 앉자 상무님은 마른기침을 하시며 회의를 시작하자고 말씀하셨다. 차가 막혀 늦었다고 하기엔 일찍 준비하고 나오지 못한 나의 잘못이 컸다. 먼저 와 계신 양 과장님을 볼 면목이 없었다. 업무가 끝나고 과장님과 내 차로 함께 퇴근하는 길, 과장님은 단호한 목소리로 말씀하셨다.

"난 예솔 씨가 사람들 입에 오르내리는 게 싫어. 예솔 씨가 잘못해도 다들 그 앞에서는 웃으면서 그러려니 한다고 하겠지. 또 어떤 사람들은 예솔 씨가 잘못하든 말든 무시하면 그만이라고 생각할 거야. 하지만 그게 과연 예솔 씨를 위해 좋은 것일까? 난 쓴소리 좀 해야겠다. 출근 시간을 지키는 건 기본이야.

더군다나 오늘같이 우리 담당이 아닌 다른 담당의 임원분이 참석하는 회의에 늦으면 어떡하니. 예솔 씨가 오기 전에 상무님은 그냥 회의 시작하라고 했었어. 예솔 씨가 오히려 다른 사람보다 더 일찍 나와서 준비하고 있으면 사람들이 더 좋게 평가하지 않겠어? 몸이 불편한데도 멀쩡한 사람보다 부지런하다고 말이야."

나는 할 말이 없었다. 모두 맞는 말이었다. 하지만 나도 모르게 반감이 들었다. 내가 장애인의 대표성을 띄는 게 부담스러웠다. 나는 그날 아침 유독 일어나기 힘들었을 뿐이고, 그래서 집에서 늦게 나와 지각할 수밖에 없었던 것뿐인데……. 꼬리표처럼 따라붙는 '장애인이니까 넌 결국에 그것밖에 안 되지!', 또는 '넌 장애가 있는 데도 기대 이상으로 잘하는구나!'와 같은 잣대로 평가받아야 하는 걸까. 다른 사람의 생각을 의식해서 내 행동의 모범성을 가져야 하는 걸까? 수많은 질문이 떠올랐다.

사실 나에게 따가운 충고를 했지만, 내가 왜 이렇게 늦을 수밖에 없었는지 사람들에게 조용히 설명해 준 것도 양 과장님이었다. 그리고 과장님은 나를 언제나 데리고 다녔다. 회의에서 생소한 업무 이야기로 아무것도 머릿속에 들어오는 게 없어 나 스스로가 꿔다 놓은 보릿자루같이 느껴질 때도 있었다. 그것을 모를 리 없는 과장님은 그런데도 나를 꼭 챙겨주셨다.

특히 예정에 없던 회의가 잡혀 서둘러 장소를 이동하는 일은 나에게 무척이나 많은 에너지가 소비되는 일이었다. 배변관리를 시간에 맞추어 해야 하는 나에게 그런 예상 밖의 스케줄은 제시간에 화장실을 갈 타이밍을 놓치게 했다. 그리고 외근 장소는 대부분 엘리베이터가 없어 회의시간을 코앞에 두고 들어가지 못했던 난감한 상황도 자주 마주쳤다. 그럴 때마다 과장님은 해결사가 되어 휠체어를 들어주고 늘 그림자처럼 내 곁을 든든히 지켜 주셨다.

양 과장님은 지금은 퇴사하셨다. 과장님이 회사를 떠나기 전 무심코 내게 하신 말이 잊히지 않는다.

"나는 예솔 씨가 장애인인 걸 맨날 까먹어."

그 누구보다 내 장애를 이해하고 곁에서 도와주셨던 분이었기에, 그 말을 듣는 순간 심장이 쿵 하고 내려앉는 것 같았다. 실수 연발에 늘 민폐만 끼치는 것 같았는데, 내가 장애인 후배가 아니라 '예솔'이라는 사람으로 먼저 인지된다는 것 같아 기뻤다.

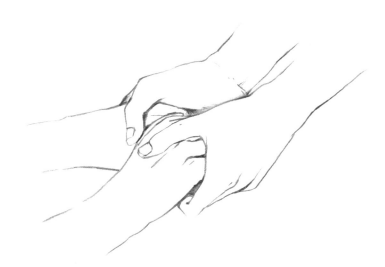

위기

　신입사원으로 시작해 2년 차까지는 선배들의 긍정적인 관심을 받으며, 또 회사에서 많은 배려를 해준 덕분에 비로소 내 밥벌이를 할 수 있다는 게 뿌듯했다. 주변 사람들은 내가 자아가 강한 사람이라고 말했다. 그래서인지, 회사에서 내게 '나만의 색깔'보다 '회사의 색깔'이 드러나기를 바랄 때부터, 내 안에 그늘이 조금씩 드리워지기 시작했다. 심리적인 압박감이 상당했다. 사회 여기저기에서 활동하는 장애를 가진 지인들은 각자 다양한 장애를 가졌지만 공통적으로 내게 큰 비밀이라도 되듯이 조용히 말했다.

　"사람들이 속으로 '장애인은 역시 어쩔 수 없지'라는 생각을 할까 봐, 일에서도 완벽해야 하고. 나 한 사람 때문에 회사에 장애인 화장실을 만들어달라고 하는 게 입에서 쉽게 떨어지지 않아서 대부분 혼자서 해결해야 하지."

　나 역시 그랬다. 본사 직원 3,000여 명 중에 휠체어 탄 직원은 나 하나. 연예

인도 아닌데, 의도치 않게 많은 이의 시선을 받고 기억에 남는 사람이 되는 건 아무래도 모든 면에 있어서 쉽지 않았다. 나를 통해 사람들이 장애인에 대한 인식이 굳어지지 않기 위해, 오히려 그들이 가지고 있는 '장애인은 어쩔 수 없지'라는 편견을 깨주기 위해서 모든 일에 신경을 집중시켜야 했다.

남들보다 연속해서 장시간 앉아있는 게 어려웠지만, 늘 아무렇지 않은 척 내색하지 않았다. 화장실을 한번 가면 10분 또는 15분이나 걸리는 이유를 굳이 설명하지 않았고, 1~2분이라도 줄이려 늘 화장실에 가면 쫓기듯이 분주했다.

남 의식하기를 잘하는 관성 때문에, 일을 잘해서 인정받고 싶은 욕구도 강했다. '잘하는 모습을 보여 줘야 한다'는 압박감이 꾸준히 나를 지배했다. 그러나 남들과 똑같은 템포로 매일매일의 일을 소화하기엔 내가 가진 신체 능력의 용량이 그들과는 달랐다. 몸이 고장 나기 시작했다.

통증 때문에 장시간 앉아있는 게 이전보다 힘들어져서 연세대학교 재활병원의 신지철 교수님을 찾았다. 교수님은 나의 병력이 담긴 차트를 보고 깊은 한숨을 내쉬었다. 그리고는 다시 고개를 들어, 내 뒤에 마치 죄인처럼 서 있는 엄마를 보며 말했다.

"어릴 때부터 꾸준히 관리했으면 이렇게는 안 되지. 대체 뭐가 문제인지 입원해서 찾아내 봅시다."

하는 수 없이 나는 3개월의 병가를 내기로 했다. 대체 무엇이 문제인지 알고 싶었다.

분해

무언가 고치려면 전부 분해한 다음 뭐가 문제인지 그 원인을 알아내야 한다. 나의 모난 성격 때문인지. 나의 특수한 신체적인 조건 때문인지. 장애인을 받아들이기에 아직 준비가 덜 된 사회 때문인지.

몸과 마음과 영혼은 유기적으로 연결되어있다며 아빠가 어릴 적 내게 한 말을 기억한다.

"몸이 아프면, 마음이 건강하기란 어렵지."

성장하는 동안 감사하게도, 나는 밝게 자랐다고 생각했다. 그러나 과연 그럴까? 좋게 해석한 것은 아니었을까? 만약 정말 마음이 행복했다면 나에게 오늘의 고통이 왜 있을까? 지나온 모든 세월이 의심스러웠다. 병원에서는 할 수 있는 모든 방법을 동원해서 검사를 했는데, 내 마음은 여전히 심한 몸살을 겪고 있었다. 잠이 오지 않았고 모든 것에 의미가 없었다. 어쩌면 그동안 내 주변에는 일반적이지 않을 만큼 다정한 사람들이 많았던 것일지 모르겠다.

우울함은 꽤 오래 지속되었고, 나는 점점 웃음을 잃어갔다. 소속되어 있지만 소외당한 느낌이 들었고, 몸이 좋지 않으니 생각은 많아졌고, 해답은 없었기에 더 답답했다.

허리 치료는 의사에게 맡기고, 나는 나의 마음을 알고 싶어 '마음 일기'라는 걸 쓰기 시작했다. 컴퓨터 메모장을 열어서 내가 기억하는 모든 사건과 생각과 느낌을 담은 26년짜리 일기. 정확한 사건의 '사실'은 중요하지 않았다. 어차피 기억이란 조작되는 거니까. 그냥 내가 느꼈을 '마음'에 대한 이야기를 꺼내놓기로 했다. 가장 친한 사람에게도 꺼내놓지 못한 이야기들을 적기 시작했다.

약해지지 마

약을 먹기로 했다. 생리 전후로 우울함이 엄습해서, 일상이 흔들릴 정도였다. 내가 갖고 있는 진통제를 먹으면 나아졌다. 의사 선생님은 마약 성분이 있으니, 정말 아플 때 만 먹으라고 당부했던 그 약.

6시간 동안의 약 효과가 있는데, 먹은 후 1시간 내에는 매우 졸렸다. 이때 10분 정도 잠을 자고 일어나면 머리가 개운했다. 몸과 머리가 가벼워져서 그 이후 3시간 동안은 힘이 났다. 걱정과 고민이 없어지고, 해야 할 일들을 제대로 할 수 있었다. 그러나 약 효과가 6시간 지속한다는 설명을 의식해서인지, 6시간 후는 좋았던 만큼 급격히 피로해졌다. 입이 마른 것은 또 다른 부작용이라 물을 틈틈이 마셔야 했다.

그리고 급격히 우울해졌다. '그냥 확 증발하면 어떨까'라는 생각과 함께 지금까지 하던 일들이 다 귀찮아졌다. 집에 있는 데도 집에 가고 싶다는 기분이 들었다. 물론, 이것 역시 기분 탓이고, 이 또한 지나갈 일이라는 것을 잘 알고 있었다. 그래서 그저 내 마음속에 묻는 것이 최선의 방법이었다.

이 시간 역시 나를 성숙하게 하는 고통의 시간이라고 의미부여를 했다. 조금 메슥거렸고, 다시 허리가 아파왔다.

찌릿, 찌릿.

어쨌든 지금은 버텨야 하는 시기이고 피할 수 없었다고 스스로 다독였다. 진통제를 먹어서라도 잠을 잘 자고 공부를 하기로 했다.

야호.

위로

운동을 3일째 못했다. 감기라는 핑계로 주말 동안 누워있었다. 물론 핑계만
은 아니었다. 온몸에 힘이 없고, 기침이 끊이지 않았고, 목이 아팠다. 퇴근 후
집에 도착하여 외투도 대충 벗어 던지고 위아래 파자마로 갈아입은 뒤 불을 끄
고 침대에 누웠다. 머리보다 몸이 밑으로 가라앉는 듯했다. 곧 잠이 들것 같았
는데 잠이 오지 않았다. 잠시 후 나는 허리를 세워 앉았다. 창밖을 바라봤다.

검은 하늘. 쓸쓸했다. 배경음악도 없이, 어떤 소리도 들리지 않는 이른 저녁
시간. 그냥 이렇게 다 놔버리면 어떨까. 다 정리해야겠어. 모든 게 재미가 없어
졌어. 반복되는 생활은 괜찮아. 나쁘지 않아. 그러나 이렇게 아무런 발전 없이
살아가도 되는 걸까.

재미가 없었다. 두근거리게 했던 사람은 멀리 있었다. 내 일도, 내 모든 것이
한 발자국씩 떨어져 있는 것 같았다. 어디서부터 고쳐야 할까. 내가 다 놔버리

면 다시 시작할 수 있을까. 이 생각을 하기까지 1분도 걸리지 않았다. 그래 잠이나 자자. 그건 나중에 생각하자. 잠을 자자.

3시간을 내리 잤다. 일어나고 싶지 않은 몸을 뒤로하고 머리가 화장실을 가야 한다는 신호를 보냈다. 무거운 몸을 일으키면서 나는 또다시 숨을 쉬고 화장실을 가야 한다는 걸 느끼는구나. 나는 왜 살아 있는가, 수없이 떠올렸던 질문을 또 끄집어냈다. 화장실을 다녀오니 목이 마르고 머리가 멍했다.

잠들기 전까지 했던 생각에 이어 또 생각했다. 난 다시 혼자네. 과연 내가 발 붙이고 있는 이 땅에서 나를 알아봐 줄 사람이 몇 명이나 있을까. 나는 애를 쓰고 매달려서 겨우 가질 수 있었던 기회를, 세상 저편에서는 나와 같은 장애를 가지고서도 너무 쉽고 밝고 행복하게 자신의 삶을 누리는 사람들이 있다. 그런데 나는…….

생각이 여기까지 미치자 다시금 나를 다잡았다. 그런 것은 피상적인 거잖아. 몸이 아프니까 우울한 거야. 다른 건 없어. 내가 우울한 것은 지금 밥을 먹지 않아서야. 밥을 먹고 생각하자.

엄마가 보내준 갈비를 꺼냈다. 도우미 선생님께서 사려 깊게 해동시켜둔 갈비가 냉장실에 있었다. 프라이팬에 잘 볶아서 TV를 틀고 밥을 먹었다. 영화 「이보다 좋을 수 없다」가 나왔다. 내가 좋아하는 영화다. 밥을 다 먹은 후 내가 가장 좋아하는 자몽주스를 꺼냈다. 얼마 남지 않은 병을 탈탈 털어서 잔에 담았다.

내가 가진 에너지도 이 정도 남았나. 샤워할까. 아니야, 운동하자. 운동하면 다시 기분이 괜찮아질 거야. 밥심으로 매트를 폈다. 가벼운 스트레칭을 하며 나를 우울하게 만들었던 생각들을 멈추고 배로 느껴지는 자극들에 집중했다.

다시 걸을 수 있다는 소망 한줄기를 바라봤었다. 지금도 그 생각만 하면 우울함이 걷히는 것 같다. 더 강해진 나의 허리와 힘. 운동으로 얻은 작은 변화에 신기하고 감사했던 순간들이 떠올랐다. 동시에 또 부정적인 마음이 올라왔다. 나는 왜 이렇게 작은 것들에 감사해야만 하지. '나쁘지 않잖아! 이런 생활도'라며 스스로 체념하기를 강요받고 있지 않았나? 감정의 양면성이 동시에 싸우고 있었다.

갑자기 오빠가 생각이 났다. 내 하소연을 들어줄 누군가가 필요했다. 엄마는 이제 더는 내 슬픔을 감당하지 말아야 했기에 애꿎은 오빠에게 연락했다. 오빠는 그날 나에게 의외의 말을 했다.

"이제까지 지내온 것이 너의 욕심이라 했지만, 우리 가족의 상황을 고려해서 내린 결정이고, 기도하면서 한 거잖아. 잘못되지 않았을 거야. 네가 행복하길 바라고 있어. 앞으로의 계산을 내려놓고 감사만 하자. 응? 감사하자."

그래 나는 위로가 필요했어. 모든 걸 다 손에 쥐고 놓지 않는 욕심쟁인 줄 알았는데 사실 나는 못 내려놓는 거였다.

슬픈 계산과 계획, 내 생각을 옆으로 치우자.

마음의 스위치를 반대로 켜자.

삶의 강력한 동기와 욕심들을 이제는 조금 내려놓고서,

나를 이끌었던 힘을 곰곰이 기억해 내자.

그래, 밑바닥이 보일 만큼의 자몽주스 같은 에너지라도 아직 남아 있잖아.

막막한가요, 여행을 떠나 봐요

병가를 내고 한두 달은 아무것도 하지 않으면서 자고 또 잤다. 깨어있는 시간에는 재활 운동에만 집중했다. 두 달 정도 쉬고 나니 조금 정신이 들었다. 의욕이 조금씩 고개를 들었다. 마침 다니는 교회에서 베트남으로 봉사 가는 팀원을 뽑는다는 광고를 봤고, 나는 바로 봉사 신청서를 작성했다. 베트남을 가보고 싶다거나 가야겠고 생각한 적은 없었다. 동남아시아는 한 번도 가본 적이 없어서 두려움이 앞섰다. 또한 비포장도로, 위생적이지 않은 화장실이 먼저 떠오르던 곳이기에 평소라면 절대 선택하지 않았을 여행지였다.

그렇지만 베트남 봉사 팀을 인솔하는 천수진 목사님 때문에 베트남 봉사를 결정했다. 목사님은 넉넉히 나를 데리고 가주실 것 같은 마음이 들었다. 왜냐하면 "내 남편은 장애인이야"라고 아무렇지 않게 이야기하는 목사님의 모습에서 강하고 건강한 마음을 볼 수 있었기 때문이다.

나와의 저녁 식사 중에 목사님은 남편이 소아마비로 한쪽 다리를 조금 저는 장애를 갖고 있는데, 대학 시절 연애 결혼했다고 말씀하셨었다.

대학청년부 열두 명이 한 팀을 이루어 방문한 곳은 베트남 호찌민에서 차로 3시간 떨어져 있는 작은 마을 '빈다이'였다. 우리는 그곳의 어린아이들을 대상으로 한국 문화를 경험시켜 주고, 성경학교를 열어서 간접적으로 복음을 전하는 프로그램을 준비했다. 나의 역할은 사진 촬영이었다. 베트남의 열악한 환경 때문에 내가 봉사를 하러 가는 게 아니라 오히려 다른 팀원들에게 봉사를 받아야 할 상황에 놓일까 봐 염려했는데, 그 걱정을 미리 아셨는지 단 한 명의 팀원도 소외되지 않도록 의미 있는 임무를 주신 것 역시 천수진 목사님이었다.

나는 강당에서 뛰고 춤추는 아이들의 모습을 사진에 담느라 연신 카메라 셔터를 누르고 있었다. 점심시간이 가까워질 무렵, 강당 뒤쪽에서 키가 상당히 큰 친구가 눈에 들어왔다. 그 친구는 쭈뼛쭈뼛하며 자기의 허리쯤 오는 아이들 뒤에 조용히 다가가 섰다. 한눈에 보기에도 얼굴은 화상으로 피부가 울긋불긋해 있었고, 다소곳이 모은 두 손은 없는 손가락이 더 많았다. 수많은 아이 사이에서 나는 그 친구에게 눈이 갔고, 다가가 말을 걸었다.

"Hi, How are you?"

웃으며 손을 흔드는 내게 그 친구는 대답하지 않고서 얼굴을 붉혔다. 영어를 잘 못 하는 걸 눈치채고 나는 갖고 있던 수첩을 꺼내서 내 이름을 알파벳으로 적었다. 그러자 그 친구도 내 이름 밑에 자기 이름을 적고 나를 바라보았다.

'Nqueng'

웽이라고 발음하는 이름이 귀여웠다. 웽은 스물네 살이었다. 화상으로 얼굴 근육들이 서로 팽팽하게 붙어버려서 우는지 웃는지 알 수 없는 표정이었지만 눈동자는 검고 맑았다. 온전하게 남아있는 손가락은 왼손 엄지와 검지뿐이었고, 나머지 손가락은 절단 수술을 받은 흔적이 있었다. 웽은 두 개의 손가락과 남아있는 마디들의 기능을 이용해서 그림을 그리기도 했고, 종이학과 종이 하트를 섬세하게 접어서 내게 선물해 주기도 했다. 접는 모습을 보고 있자면 경이로웠다. 장애가 있어서가 아니라, 종이학을 너무 예쁘고 깔끔하게 잘 접어서다. 한두 번 접어본 솜씨가 아니었기에 나는 웽에게 남다른 감각이 있음을 알 수 있었다. 우리가 이틀에 걸쳐 준비한 프로그램에 웽은 고맙게도 모두 참석해 주었다. 그사이 나는 웽과 많이 친해졌다.

다음날, 웽은 나에게 보여줄 게 있다며, 주머니에서 디지털카메라를 꺼내 보였다. 웽이 보여준 사진은 화상을 입고 병실에 누워있는 자신의 사진이었다. 사진 오른쪽 아래 귀퉁이에 찍힌 날짜를 보니 불과 1년 전이었다.

그리고 그다음 사진을 보여 주는데, 나는 잠시 할 말을 잊었다. 웽의 화상 사고 전의 모습이었다. 긴 머리를 늘어뜨리고 한껏 자기에게 어울리는 화장을 한 웽은 무척 예뻤다. 세련된 이미지였다. 웽은 나에게 자신의 옛 모습이라며 아주 자랑스러워했다. 무척이나 아름다운 웽의 옛 모습에도 놀랐지만, 어떤 슬픈 기색 없이 마치 예쁜 친구를 소개하듯이 하는 즐거운 태도에 더 놀랐다.

다시 돌아갈 수 없는 찬란하게 아름다운 시절. 전신 화상 사고 이후, 1년 만에 이렇게 초월할 수 있을까. 나는 방망이로 머리를 맞은 것처럼 순간 멍했다.

그날 일정을 마치고 숙소에 들어오기까지 머릿속이 혼란스러웠다. 무엇이라 설명할 수 없는 '기쁨'의 실체를 웽에게서 보았다. 나는 그 기쁨이 어디서부터 오는지 알고 싶었다. 빈다이를 떠나기 전, 웽과 대화할 수 있기를 고대했다. 나는 통역을 해주시는 한국인 선교사님께 잠시 웽과 대화를 할 수 있도록 도와 달라고 부탁을 드렸고, 선교사님은 흔쾌히 들어주셨다. 우리는 사무실 한쪽에 앉았다.

나는 조심스럽게 두 가지 질문을 건넸다.

"넌 행복해?"

지금 웽에게 느껴지는 행복이 진짜 같은데, 머리로는 믿어지지 않았다. 그러자 웽은 바로 대답했고, 선교사님은 통역해 주셨다.

"나는 행복할 뿐 아니라, 지금 매우 기뻐."

이번에는 마음속에 큰 요동이 치는 것 같았다. 그리고 웽에게 조심스레 화상을 입게 된 경위를 물었다. 그 말에는 매우 경직된 표정으로 짧게 대답했다. 스스로 몸에 불을 질렀다고. 그녀는 자해한 것이다. 그 자해가 실패로 끝났고, 의식을 차리니 병실이었다고 했다. 그때 어떤 기분이 들었는지 묻자, 웽은 자기 때문에 슬퍼할 엄마가 너무 걱정되었다고 했다. 아직은 치료가 남아서, 일할 수는 없지만 다 나으면 장사를 할 계획이라고 했다. 나는 웽에게 돈을 많이 벌어 한국에 꼭 놀러 오라고 말했다. 그러면 웽이 기분이 좋아서 더 빨리 몸을 회복할 것 같았다.

그녀와 나눈 짧은 대화였지만 그동안의 나를 우울했던 생각들을 뒤집어버리기 충분했다. 웽은 행복의 비밀을 알고 있었다. 나에게 행복은 '성취'의 다른 이름이었다. 당연히 노력해야 얻을 수 있다고 생각했다. 그러나 아무리 노력해서 성취해도 만족감이나 행복은 잠시였고, 늘 그다음 넘어서야 할 산들이 도전적으로 다가왔다. 하루하루가 싸움터에 있는 것처럼 긴장하며 살았던 지난날의 나를 돌아보았다. 그 어떤 것에도 만족하지 못했던 나에게 웽은 이대로도 기쁠 수 있다고 알려주는 것 같았다. 과거는 어떠했건, 지금의 나로서 충분하다고 말해 주는 것 같았다. 빈다이 마을을 떠나는 버스 안에서 웽이 했던 말들을 되뇌었다.

'행복할 뿐 아니라, 매우 기뻐.'

생기로운 몸짓과 초롱초롱한 눈빛의 그녀를 떠올리며 나는 눈을 잠시 감았다. 여행이 주는 선물은 이런 게 아닐까. 익숙한 환경을 떠나면, 비로소 보이는 것들이 있다. 나란 사람은 대체 누구인지. 나는 누군가에게 어떤 의미인지.

혹시 지금, 내가 겪었던 것처럼 심한 마음 감기를 겪고 있다면, 몸이 편리한 여행도 좋지만, 가능하다면 나를 필요로 하는 여행지를 선택해 보는 것도 좋을 것 같다. 그러면 신기하게도 더 많은 선물을 받고 돌아오게 될 것이다.

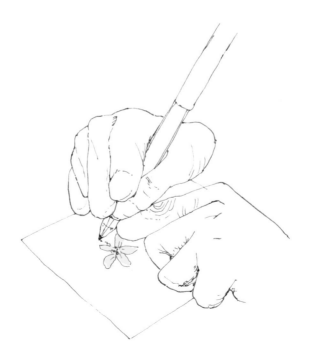

안 하는 것과 못하는 것

'장애'를 갖고 살면서 늘 부딪히는 문제가 바로 할 수 있는데 안 하는 것인지, 정말 불가능한 일인지 파악하는 것이다. 지금까지 나의 성장기는 세상이 할 수 없다고 생각하는 많은 편견을 깨기 위해 노력하며 보냈다. 그래서 '다리만 조금 불편할 뿐 남들과 똑같다'는 그 진부한 말이 나에게 허락되었는지도 모르겠다.

대학을 다닐 때 도자공예 수업을 들었다. 그 수업을 듣게 된 것은 디자인 전공에 있어서 나보다 15년 선배로, 서울대학교 도자공예 전공 박사과정 중에 있었던 언니 덕분이었다.

언니를 만난 건 교내 장애학생지원센터에서 마련한 장애 신입생을 위한 선후배 만남의 자리에서였다. 언니는 한쪽 다리가 불편했다. 뇌성마비인 언니는 양쪽으로 몸을 흔들며 춤추듯이 걸었다. 하얀 얼굴에 함박웃음으로 가지런한

치아를 드러내며 내게 걸어오는 언니가 나는 첫눈에 좋았다. 언니는 디자인과에 장애 학생 후배가 들어왔다고 좋아하며 특별히 나를 생각해 주었고, 본인이 강의하는 수업을 듣고 싶으면 수강 신청하라고 했다.

나 역시 컴퓨터 그래픽 작업이 아닌 다른 것을 해보고 싶었다. 수업의 목표는 흙으로 자신만의 머그컵을 만드는 것이었는데, 언니는 내게 물레 작업이 아닌 캐스팅 작업 방법을 알려주셨다.

영화나 TV에서 보던 우아한 물레 작업은 사실 건강한 체력이 뒷받침되어야 한다. 그래서 물레 작업을 주로 하는 작가들은 대부분이 남자라고 했다.

언니 역시 학부 시절부터 여러 시행착오 끝에, 물레 작업 대신에 캐스팅이라는 기법으로 자신만의 도자 작업에 집중했다. 이 수업을 같이 들었던 네 명의 다른 친구들도 나와 같은 캐스팅 방법으로 도자를 만들었기에 나는 심리적인 박탈감이 없이 수업에 참여했다.

머그컵을 만들며 생각했다. 그동안 나는 지나치게 내가 할 수 없는 물레에 집중한 것은 아닐까. 지금까지 나는 내가 할 수 없는 것들에만 과도하게 집중하며 살고 있었던 것은 아닐까. 그래서 나름대로 좋은 결과를 얻긴 했지만, 100% 만족감이 없었던 것은 아닐까. 마치 밑그림을 다 그려 놓고 이제 채색하려는데, 실수로 지워지지 않는 얼룩이 그림 귀퉁이에 조금 묻었다고 혼자서 무척 속상해하는 것처럼. 내가 할 수 없는 것을 극복하는 데 너무 많은 힘과 시간을 들이느라 진짜 내 안에서 하는 목소리를 놓치고 살았던 것은 아닐까.

언니는 내게 도전한 만큼 뒤따르는 괴로움까지도 나의 몫이라고 말했다. 아무도 이전에 하지 않았기에 겪는 오해와 답답함, 실패 후 허무함, 아무도 나를 알아주지 않는 것 같은 외로움까지도 내가 스스로 감내해야 한다는 뜻이었다. 누구도 탓할 수 없고, 그 도전으로 맺은 열매의 쓴맛과 단맛은 다 내 몫이었다. 내가 세계 곳곳을 휠체어로 다니고, 무용하겠다며 나서는 등 조금도 가만히 있지 않는 모습을 보면서 언니는 걱정스러워했다.

언니 이론에 따르면, '뱁새가 황새 따라가다 가랑이가 찢어진다'였다. 네가 가진 신체적인 장애를 인정하고 할 수 있는 것과 못하는 것을 구분해서 주어진 체력과 자원을 스스로 잘 안배하는 게 중요하다고 강조했다.

몸이 성한 친구들이 하는 거 다 따라 했다간 내 몸만 축나서 정작 실전에서 쓸 에너지가 없을 수 있다는 것이다. 언니 역시 40년 동안 불편한 다리로, 남들보다 몇 배의 노력으로 성실하게 삶을 살아온 것을 알기에 나는 언니의 말이 무시할 수 없는 지혜처럼 여겨졌다.

언니는 긴 박사과정을 끝내고 마침내 교수가 되었고, 이제는 생활이 조금 편해졌지만, 걸을 수 있었던 다리는 급격히 나빠졌다. 그래서 현재 휠체어로 이동하고 있다. 휠체어를 타게 된 지금 이전과는 또 다른 세상을 경험한다고 말한다.

언니가 매일 같이 다니던 서울대학교 도자공예 작업실에 휠체어를 타고서 처음 갔던 날, 장애인 주차구역이 경사로에 아슬아슬하게 걸쳐 있어서 비탈길 위에 주차하고 휠체어를 차에 내려서 옮겨 타기까지는 곡예에 가까운 일이었다고 말했다. 그러면서 지난날 내가 도자 수업을 받으러 왔을 때가 떠올랐다고 한다. 그땐 내가 겪었을 어려움을 전혀 알지 못했는데, 지금 생각해 보니 늘 씩씩하게 문을 열고 수업에 왔던 내가 정말 대단하게 느껴졌다는 것이다.

사람들은 그런 사소한 일상에서부터 내가 장애를 잘 '극복'했다고 말하지만, 난 극복한 것이 아니라 그냥 받아들인 거다. 사실 겪어보지 않으면 아무도 모른다. 물불 가리지 않고 목표를 향해 몸을 던지려고 하면, 마음처럼 잘 안 따라주는 몸과 성가신 휠체어, 그리고 장애인에 대해 준비되지 않은 사회가 내 눈앞에 있는 목표를 가릴 때. 그때마다 끊임없이 마음속에서 괴롭히는 소리가 있다.

'네가 그걸 할 수 있겠어?'

이러한 비아냥 또는 의구심이 섞인 소리는 남이 아니라 내가 나에게 하는 소리였다.

하지만, 안 하는 것과 못하는 것. 이제는 휠체어를 타고 산 시간만큼, 휠체어와 나를 구분하는 게 의미가 없어진 지금에서 내가 내린 결론은, 최소한 '스스로 자신의 가능성을 얕보거나 제한하지 말자'는 것이다. 나의 능력을 과대평가해서도 안 되겠지만, 어떤 일 앞에서든 의식적으로라도 부정적인 생각들을 떨치고 시작해야 한다.

모든 부정적인 요소들을 비워도 우리는 끊임없이 근심하는 사람이니까. 인생의 약점을 갖고 있는 우리는 대개 부정적인 것에 기대어 일찍 포기하기 쉬운 사람이니까…….

길이가 길고 짧은 건 대봐야 알고, 인생을 산다는 그 평범하고도 자연스러운 일을 끝까지 해봐야 아는 것이 아닌가. 어렵지만 그래도 도전하고 싶은 일이 있다면, 그 일이 정말 내게 가치가 있다고 여겨진다면 할 수 없을 것이라 미리 규정하지 말아야 한다는 걸 깨달았다.

못한다고 포기하는 것이 아니라 '일단 한 번 해보자'는 마음만 준비된다면 진짜 할 수 있다고 나는 믿는다.

인생의 주사위는 이미 던져졌다.

자기연민이 된다면

'가장 최악이 뭔지 아니?
자기연민에 빠지는 거.
남도 아닌 내가 나 자신을 불쌍하게 여기는 거.'

　자기연민의 늪은 바쁠 때보다, 여유로운 생활 속에서 불현듯 외로움을 느낄
때 서서히 나를 끌어당기는 것 같다.
　나는 일하지 못할 정도로 급격히 체력이 떨어졌을 때, 모든 게 허무해지면서
나 자신이 너무도 불쌍하게 여겨졌다.
　다른 사람의 동정을 받는 게 죽는 것보다 싫어서 부단히 나 스스로 다그쳤
다. 그게 관성이 되어버린 나. 그렇게 살아온 과거를 생각하면 순간 울컥했다.
그때가 가장 최악의 상태였던 것 같다.
　그런데 그 늪에서 나오게 된 건, 주변의 도움이 컸다. 특히 정신과 전문의로

서 나처럼 휠체어를 타는 류미 선생님을 만난 건 행운이었다. 선생님을 통해 나는 두 가지를 알게 되었다.

먼저, 내가 잘하는 것을 찾아 인정하는 것이다. 그렇다. 나는 비록 몸을 빠릿빠릿하게 움직이지는 못하지만, 사람들의 이야기는 오랫동안 앉아서 들어줄 수 있다. 누군가의 이야기를 들어주는 게 쉬운 것 같지만, 사실 많은 에너지가 필요하다. 하지만 난 그건 자신 있었다.

두 번째는, 오늘 하루에 의미를 두는 것이다. 하루 세끼 밥을 먹어야 할 때 먹고, 주어진 일을 충실히 하고, 잠자야 할 때 충분히 자는 것. 우울증 같은 정신질환이 생기면, 이 기본적인 일들이 뒷전이 된다. 이 작은 일들을 수행하는 게 얼마나 대단한 일인지 '참 잘했어요' 도장을 찍어줘야 할 만큼 어렵게 느껴진다. 하지만 이렇게 매일 하루하루의 삶에 충실하다 보면, 대부분의 우울함은 걷히는 것 같다.

어찌 보면 평범하고 별 효과 없어 보이는 방법이라고 여길지 모르지만, 원래 단순한 사실이 최고인 법. 이 방법을 통해 나는 자기연민이라는 늪에서 빠져나올 수 있었다. 그 후 나의 삶은 이전보다 훨씬 편해졌다. 몸이 더 건강해졌냐고? 불편한 환경들이 개선되었느냐고? 아니다. 모두 그대로였다. 하지만, 한 가지 내가 나를 바라보는 것이 무척이나 바뀌었다. 남을 의식하는 일을 그만두었다.

내가 휠체어를 미는 게 힘들어지는 시점이 오기 전에 내 옆의 사람들에게 웃으며 도움을 요청했다. 그리고 그들에게 감사하다고 말할 수 있게 되었다. 이것이야말로, 괜찮은 척하는 것이 아니라 정말 괜찮고, 강한 척하는 것이 아니라 정말 강한 것이다.

자기연민이 된다면, 자기 마음의 아픔을 스스로 알아주자.

그러나 이것만은 기억해 줬으면, 연민이 너와 나의 존재를 정의할 수 없다는 것.

세상이 아무리 우리를 불쌍히 여긴대도, 그건 진실이 아니야.

오히려 나약하게 우리를 얕보던 세상을 향해 강펀치를 내둘 준비를 해야 해.

왜냐하면 이 세상에 태어난 이상 우리는 모두 Fighter니까.

Fighter는 임무를 다하기에 24시간이 모자라거든.

나는 들짐승이 자기연민에 빠진 것을 본 적이 없다.
얼어 죽은 작은 새가 나뭇가지에서 떨어질 때
그 새는 자신의 존재에 대하여 슬퍼해 본 적도 없었으리라.

「자기연민」, D.H 로렌스

다 같이 받아들임

    나는 부드러워질 필요가 있었다. 3개월의 휴식을 마치고 회사로 다시 돌아가면서 전과는 다른 사람이 되고 싶었다. 회사, 특히 내가 다니는 큰 조직에서는 나라는 정체성보단 조직의 구성원이라는 정체성이 무척 중요했다.

    아빠는 내게 한국 사회의 수직적인 조직에서 많은 젊은이가 견디지 못하고, 그 조직을 이탈한다는 건 개인만의 문제는 아니라고 말했다. 그런 사회 안에서 내가 남들보다 조금 더 배려해 줘야 할 부분이 있을 뿐이라고 했다.

    조직의 한 사람으로서 기능하기 위해서 부단히 노력하는 것은 '나 혼자'라고 생각하면 하루하루가 참 고단한데, 사실 나와 같이 일하는 사람들의 입장에 서볼 때 우리는 서로 무게를 나누어서 지고 있었다.

    내가 일하는 사무실이 위치한 광화문에는 점심시간이면, 각 빌딩에서 직장인들이 우르르 거리로 쏟아져 나온다. 보통의 직장인들이 '오늘은 뭐 먹지?'를 고민한다면, 나와 같이 있는 우리 팀원들은 '예솔이도 들어가기 편한 곳은 어딜까?'를 한 번 더 고민해야 한다. 이전에 나는 '괜한 고민'을 나 때문에 하게 하는 것 자체가 부담스러워서 내가 가본 곳을 바탕으로 부지런히 검색해 보고 팀원들을 안내하곤 했다. 때로는 그들이 가고자 하는 곳이 내가 가기 불편하다는 게 명확해지면, 내색하지 않고 다른 이유를 빌어 그 자리를 가지 않았다.

이런 신경을 매일 쓰다 보니 스트레스가 쌓일 수밖에 없었다. 나는 담담히 내 필요를 하나씩 알려주기로 했다. 아주 쉽게. 그리고 천천히. 무언가 익숙하지 않은 것을 받아들일 때는 언제나 시간이 걸린다는 마음으로.

휠체어가 들어갈 수 있는 계단이 없는 출입구는 기본, 방바닥에 앉는 좌석이 아닌 테이블이 있어야 하고, 주변 테이블과 몸이 닿지 않을 만큼의 충분히 여유로운 공간이 있는 곳, 오랫동안 머무를 예정이라면 식당 건물에 장애인 화장실이 있으면 좋겠다는 것 등등.

내가 편하자고 시작한 일이었는데 그 효과는 생각보다 나를 넘어 모두에게 더 좋은 것 같다. 사람들은 말한다. 광화문에 그렇게 많은 식당이 있지만, 휠체어가 갈 수 있는 곳은 제한적이라는 걸 알게 되었다고, 나의 휠체어를 밀다 보니 도로 상태가 이렇게 불편하고 위험하다는 것을 알게 되었다고.

나를 데리고 회사 밖 500m만 걸어도 보이는 또 다른 세상.

어느 날은 맛집이라면서 팀원들 모두 다 같이 갔는데, 엘리베이터가 없는 건물이었다. 식당은 한 층의 계단을 내려가야 했기에 태영, 경훈 선배가 나를 아기처럼 안고 내려가야 했고, 밥을 다 먹고 다시 나를 안고 올라와야 했다. 선배들은 소화가 다 되어 버렸다며, 다시 들어가서 밥 한 공기 더 먹고 오겠다는 유머를 하며 함께 웃었던 기억이 난다.

함께 했기에 의미 있는 소소한 경험들이 쌓였고, 나와 타인의 상황을 이해하는 깊이가 깊어지고, 넓이가 넓어져 갔다. 한참 후배인 내게 비싼 복요리를 사주시고 늘 훈훈한 미소로 맞아주시는 무성 차장님은 내게 말했다.

"우리가 예솔씨를 몰라준 게 많았을 거야."

나는 여기서부터 변화는 시작된다고 믿는다. 한 번쯤, 내 옆에 있는 사람을 생각해 보는 것. 배려는 내 입장에서 해주고 싶은 일방적인 선의가 아니라, 상대가 필요로 하고 원하는 게 무엇인지 알아주는 마음이라 생각된다. 그리고 받은 배려를 하나씩 헤아리다 보면 지칠 때 힘을 얻을 수 있게 된다.

못한다고 하면 끝없이 못 할 게 보이는 게 사람 마음이다.
하고자 하면 방법을 찾게 마련이니까.
'분리, 배제, 거부'라는 말 대신
우리 다 같이 함께 서로를 받아들이면 좋겠다.

강해지기 위해서는 힘이,

부드러워지기 위해서는 용기가

자신을 방어하기 위해서는 힘이

방어 자세를 버리기 위해서는 용기가

_데이비드 그리피스

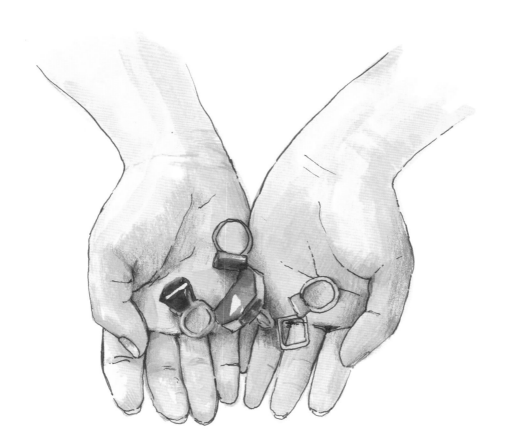

건강하게 흔들리고 있어

이 세상을 살아가는 데 있어 불편한 몸은 나를 참 겸손하게 만든다.
길가에 흐드러지게 핀 민들레처럼, 나는 수많은 사람 중의 하나일 뿐.
'특별한 나'를 알아봐 주길 바라는 순간, 괴로워진다는 걸 알았다.

아무도 눈여겨보지 않고, 그 누가 돌보지 않더라도,
바람에 흔들리고 비를 맞을수록 더욱 건강하게 뿌리를 내리는 들꽃처럼.
내 불편한 몸에 집중하는 것이 아니라, 내 안의 잠재된 가능성에 집중하며
내가 할 수 있는 온 힘을 다해 오늘을 사는 것.
그게 바로 행복이 아닐까?

가능성이 있다는 걸 '알고 있다'는 건
무척 중요한 일이야.
대단하다 여겨지는 건
네가 설 수 있음을 몰랐기 때문이지.
못한다는 선입견으로 애당초 포기한 거지
클라라가 다시 설 수 있다는 걸
하이디가 믿지 않았다면,
클라라는 평생서지 못했을 거야.

영화 「불량소녀, 너를 응원해」中

6장
우린,
존재만으로도
가치가 있다

할 수 없는 것보다 할 수 있는 것 생각하기

"사람들은 눈에 보이는 것들로 쉽게 한계를 정해버리지. 신경이 여기까지 살아있으니까 그 밑으로는 못 쓴다고 말이야. 그런데 우리 몸은 모두 연결되어 있거든. 현재 네가 가진 상체의 힘을 이용해서 정확한 운동을 하면 그 힘이 골반으로, 골반에서 허벅지로, 허벅지에서 무릎으로 전해지지. 할 수 있는 것부터 시작하는 거야. 이때 중요한 것은 정확하고 올바른 방향으로 향하는 거야."

나의 사촌인 수녕 오빠는 물리치료사이다. 오빠는 느긋하고 끈기 있게 목표를 향해 가는 스타일로 조급하고 빨리 성과를 내고자 하는 나와 달랐다.
오빠는 재활은 '무식하게'하는 것이라며, 단순한 동작을 반복시켰다. 우리가 하루에 세 번 밥을 먹는 것처럼, 재활은 일상적이고 반복적인 일들로의 복귀이기 때문이라고 했다.
그러던 어느 날, 수녕 오빠가 나에게 말했다.

"너의 몸 상태라면 원래 휠체어가 아니라 워커를 짚고 걸을 수 있어야 해."

나는 내 귀와 눈을 의심할 수밖에 없었다. 다리에 전혀 감각을 느낄 수 없고 발가락 하나도 까딱할 수 없는 내가 어떻게 두 발로 설 수 있다는 걸까. 나조차 접고 있었던 꿈이었는데, 이룰 수 있는 것이라니 믿어지지 않았다.

나는 그동안 걸을 수는 없어도 특별히 아픈 곳은 없었기에 건강은 자부하고 있었다. 그러나 회사에 다닌 지 3년이 지났을 때, 아무 이유 없이 급격히 몸 상태는 안 좋아졌고, 몸과 마음이 위축된 상태로 고향 집에 내려갔다. 그때 수녕 오빠를 만났다. 내 몸이 그저 지금보다 더 나빠지지 않기를 바라며……

1994년, 의사는 나를 급성 횡단성 척수염이라 진단했다. 그리고 나와 부모님에게 내가 다시는 걷지 못할 것이고, 현대 의학으로는 치료법이 없다고 선고했다. 급성 횡단성 척수염? 전혀 들어본 적이 없는 병. 척수염은 역학적으로 전 세계에서 연간 약 1,400여 명이 걸리는 희귀병이다. 발생 연령은 생후 6개월에서부터 88세까지 거의 전 생애에 걸쳐 발생할 수 있으며, 성별이나 가족력과는 연관이 없다고 밝혀졌다. 그 말은 언제든지 누구에게나 발생할 수 있는 병이라는 것이다. 지금까지도 원인과 치료가 불투명하다.

내가 급성 횡단성 척수염이라는 진단을 받은 후 1년까지는 우리 가족 모두가 기적을 꿈꿨다. 엄마 아빠는 백방으로 할 수 있는 모든 시도를 했다. 3개월 동안 치유 은사가 있다는 기도원에도 데려가서 기도를 받게 했고, 지인의 소개로 알게 된 도인을 찾아가 2시간 동안 내 뼈를 맞춰 보도록 했지만 성과가 좋지 않았다. 허리에 애꿎은 흉터들만 남았을 뿐.

또 나의 소식을 듣고 본인이 걷게 해보겠다고 찾아온 침 놓는 할아버지도 있었는데, 부모님은 더는 '혹시나'하는 기대를 접었고, 할아버지를 돌려보냈다. 걷는다는 것은 그냥 '희망 사항'이었다.

이런 나에게 수녕 오빠는 걸을 수 있어야 한다고 말한 것이다. 오빠는 계속 말을 이었다.

"내가 말하는 건 '기적'이나 '희망'이 아니야. 정확한 방법을 통해 가능한 목표 설정이야."

나는 현재 다시 걷겠다는 목표를 향한 레이스 위에 있다. 20년 동안 곤히 잠자고 있던 근육들을 깨우고 있다. 오빠와 재활 운동을 하면서 몸의 변화가 생기기 시작했다. 흐물흐물 탄력이 없던 허벅지에 근육이 붙기 시작했다. 몸통을 지탱하는 복근과 등허리 근육이 탄탄해져서 통증 없이 휠체어 앉아있을 수 있는 시간이 길어졌다.

꾸준한 팔과 어깨 강화 운동으로 네발로 기는 자세가 가능해졌으며, 현재 손으로 바닥을 짚은 상태에서 무릎 서기도 가능하다. 마치 누어만 있던 아기가 혼자 기고, 앉고, 무언가를 짚고 일어서는 것처럼, 아주 천천히 단계적으로 그리고 감격스럽게 벌어지고 있다.

눈에 보이는 놀라운 변화도 있지만, '걸을 수 있다'는 바람을 내 안에 깊숙하게 받아들이기까지, 그리고 보이지 않는 것을 간절하게 믿기까지 절대 쉽지 않았다.

"어젯밤 꿈에 네가 나왔어! 네가 높은 하이힐을 신고 노랑, 초록 세련되고 알록달록한 예쁘고 짧은 원피스를 입고 나한테 걸어오는 거야. 꿈에서 그 모습을 보고 얼마나 감격했는지 몰라. 너랑 나랑 얼싸안고 펑펑 울었는데 깨어보니까 내가 진짜 울고 있었어."

'꿈에서라도' 나는 걸어 본 적이 없지만, 친구들은 내가 걷는 꿈을 꾼다고 말하곤 했다. 아주 생생한 꿈이었다고 상기된 표정으로 내게 말할 때면, 나는 그것이 '꿈같은 일처럼' 느껴졌다. 왜냐하면 내 꿈에 출연한 나의 모습은 휠체어를 타지 않은 채, 바닥에 비스듬히 앉아서 마치 인어공주처럼 다리를 질질 끌며 거리를 활보했기 때문이다. 걷는 느낌이 무엇인지, 그랬던 적이 있기나 했었는지 기억이 나지 않는다. 휠체어와 함께한 일상이 겹겹이 무의식 속에서 자리 잡았기 때문에, 나는 꿈에서라도 상상할 수 없는 것 같다.

그러나 수녕 오빠와 운동을 시작한 후로 나는 서서히 달라졌다. 팔과 허리에 힘이 생기는 만큼 내 마음도 이전과 다른 차원의 힘이 났다. 그리고 '걸을 수 있다'는 믿음이 자라났다.

수녕 오빠는 말했다.

"정확한 정보가 없으므로 인해 몸이 불편한 사람들은 '나는 여기까지'라며 자신의 한계를 지어버리지. 환자가 가지고 있는 잔여 기능을 갖고 더 나은 방향을 제시할 수 있는 치료사와 의사를 만나기도 어려운 게 현실이야. 또 그런 치료를 하고 싶어도 몸이 불편한 사람들이 스스로 감당해야 하는 치료 비용과 적절한 운동 공간을 찾기 어려운 것도 안타까운 현실이고. 지금 너는 휠체어를 타고 있지만, 클러치목발를 짚고 보행할 수 있는 가능성을 가졌어. 상상하기 어렵겠지만 그 방향성을 따라 기초부터 몸을 만들어야 해. 그러면 신기한 우리 몸이 우리가 할 수 없다고 믿었던 것들을 가능하게 해줄지 모르잖아."

지금은 몸과 마음이 스스로 서기 위해서 가는 이 여정이 즐겁다. 꿈을 현실로 만드는 재활 운동을 시작한 지 3년째 접어든 지금, 사람들이 나의 한계를 먼저 지어버리는 것보다, 나 자신이 나의 한계를 정했을 때 더는 성장이 없다는 것을 알았다.

오빠가 내게 늘 강조하는 말이 있다.
"재활은 할 수 있는 것부터 시작하는 것이다."

그렇다. 1년이 걸리고 10년이 걸리더라도 한 걸음씩 내디딜 때,
불가능이 가능이 되고 꿈이 현실로 될 것이다.
기적이 아니라 진짜로 만들어 내는 힘,
그 힘이 내 안에도 있었다.

장애는 부분 Disability is part of me

　누군가의 짐이 되는 것은 두려운 일이다. 후천적인 장애를 갖게 된 사람들이 가장 극복하기 힘든 것도 이것이다. 지극히 개인적인 일, 이를테면 대소변을 보는 일부터 눈곱을 떼는 일, 코를 후비는 일까지도 타인의 도움이 없이는 불가능할 때, 그리고 그것을 가장 가까운 가족이 감당해야 하는 것은 자신이 겪는 불편함보다 더 괴롭다.

　나는 재활병원에서 20대 초반의 교통사고로 척수마비 장애를 가진 청년들을 많이 만났다. 인생에서 가장 찬란한 젊음과 건강한 나이에 갑자기 혼자서는 아무것도 하지 못하는 아기처럼 바뀌어버린 일상들을 받아들이는 데는 시간이 필요했다.

　그들은 받아들이는 과정에서 자살을 결심하기도 한다. 그것은 불완전한 몸으로 살아갈 막막한 앞날 때문이 아니다. 가족이 자신 때문에 몰래 흘리는 눈물을 보았을 때, 그리고 그들에게 앞으로도 자신이 짐이 될 거라는 생각에 다다르면 삶의 의미를 잃어버리게 된다. '나 하나 없어지면 모든 게 괜찮아질 거야'라는 생각을 하게 되는 것이다.

실제로 자살 시도를 하는 친구를 보았고, 자살하고 싶어도 누군가의 도움 없이는 휠체어를 타기도 어려워서 죽는 것도 불가능했다는 이야기를 듣기도 했다. 그럴 땐 가슴에 뜨거운 전기가 통하는 것 같았다.

자살이 실패해서 다행이었다. 그때 그의 인생을 끝냈다면 이후에 선물처럼 다가오는 삶의 오묘한 기쁨을 못 느꼈을 테니까.

기훈이는 '꿈꾸는 구르마'라는 인터넷카페 오프라인 모임에서 만났다. 그 당시 그는 척수 장애인 2년 차에 스물한 살이었다. 귀여운 외모가 사람들에게 호감을 샀고, 나를 누나라고 하면서 잘 따랐다.

기훈이는 경추 손상이 되어서 가슴 밑으로 마비되었다. 내가 두 다리가 마비된 하지마비라면, 기훈은 팔과 다리 모두 마비된 사지마비이다. 기훈이는 겉으로 보여 지는 내성적인 성격과는 반대로 활동적이었다.

사고가 났던 곳은 스키장이었다. 스키 선수들이 타는 레벨에서 목이 꺾이는 사고가 났다. 목숨을 거는 수술 이후 다행히 눈을 떴지만, 영원히 휠체어 생활을 해야 한다는 의사의 선고까지, 약 1년이 걸렸다고 했다.

변화된 몸으로 살아가기 위해 숟가락 잡는 법부터 새롭게 배웠다. 숟가락을 엄지와 검지 사이에 걸어서 손가락 힘과 손목의 스냅이 아닌, 남아있는 팔의 운동성을 가지고 곡예에 가까운 모습으로 밥 한술 뜨기까지가 그렇게 오래 걸렸다고 한다.

기훈이는 사고 후 처음으로 초코파이 포장지를 입으로 까서 먹었을 때, 자기도 모르게 감격해서 눈물이 났다고 했다.

"누나, 제가 다치고 나서 초코파이 하나도 혼자 못 까먹게 된 거예요. 그러다가 병원에서 재활 치료를 받으면서 저 혼자 입으로 초코파이 봉지를 까서 먹던 날, 그 초코파이가 얼마나 맛있던지…… 눈물이 다 날 정도였다니까요."

기훈이보다 내가 장애인으로 산 연차가 꽤 되어서 나는 많은 부분 적응되고, 나름 요령이 생겨서 지금은 할 수 없는 일과 할 수 있는 일을 구분하는 게 무의미해졌지만, 나 역시 누군가의 짐이 되지 않을까 온 신경을 세우고 있다.

고등학교 2학년 재활원에서 훈련받기 전까지 나는 혼자서 화장실을 갈 수 없었고, 나의 모든 일거수일투족이 가족과 엮여 있었다. 그런데도 나는 한 번도 자살하고 싶다거나, 내가 쓸모없는 사람이 된 것 같은 기분이 든 적이 없었다. 아마도 그것은 부모님의 넉넉한 사랑 때문인 것 같다.

걷지 못하게 되었더라도 나 자신의 정체성은 변하지 않는다. 사랑하는 부모님의 자식이고, 하나뿐인 오빠의 동생이다. 달라진 것이 있다면 그건 오직 한 가지 휠체어로 인한 생활 방식이다. 새로운 삶의 스타일을 배워가는 데는 수많은 연습과 노력, 그리고 시간이 필요할 뿐이다.

내가 미국에서 만난 Mickey는 자전거를 타다가 차에 치여 하지마비 척수 장애인이 되었다. 그가 스물다섯 살에 사고를 겪고 다시 자신의 일상으로 돌아가기까지는 딱 한 달이 걸렸다고 했다. 그는 병원이 아닌, 정상적으로 학교에 다니면서 운동치료와 작업치료를 병행하는 '일상 속' 재활을 했다.

그에게는 사고 후에도 한결같이 자신을 지키는 사랑하는 연인과 가족이 있었다. 그의 주변 사람들이 그의 사고를 슬퍼했지만, 장애를 슬퍼하거나 그것 때문에 힘들어하지 않았다고 한다. 그것이 그에겐 분명 또 다른 힘이 되었을 것이다.

장애인은 환자가 아니다. 치료를 위해서 집이나 병원, 또는 특수한 장애인 시설에만 있어야 하는 사람이 아니다. 장애는 살아가는 동안 함께 가야 하는 존재일 뿐이다. 그래서 장애가 있는 채로 학교에 갈 수 있어야 하고, 누구나 공부할 기회를 갖고 꿈을 키우며 원하는 일을 할 수 있어야 한다. 장애는 한 사람의 전부가 아니라 부분이기 때문이다.

우리 모두가 사회 구성원이라는 인식을 가질 때 장애와 비장애를 구분하는 것이 무의미해지는 날이 오지 않을까.

시선 차이

공부는 안 하고 그림에만 몰입하던 꼬맹이가 최초로 좋아했던 남자아이가 있었다. 초등학교 2학년 같은 반이었던 우리 반 반장. 그 아이는 조용한 성격에 공부를 잘했고, 다른 남자애들처럼 험한 욕을 입에 담지 않았다. 예의가 발라 선생님에게 예쁨을 많이 받았고, 반장답게 여자애들에게도 친절해서 인기가 많았다.

나는 그런 반장이 좋았다. 반 아이들이 그 사실을 가지고 놀려댔지만 나는 신경 쓰지 않았다. 왜냐하면 내가 반장을 좋아하는 건 이성적인 감정보다 존경에 가까운 마음으로 그 아이를 바라보았기 때문이다. 반장 또한 그런 나의 감정을 알고 있었기에 다른 여자아이들보다 나를 더 많이 챙겨주었다.
자신의 생일 파티에 나를 초대해 주었을 때도 반장은 우리 집에 찾아와 주었다. 내가 준비할 때까지 밖에서 기다렸고, 내가 나오자 자기 집까지 휠체어를 밀어주었다.

그렇게 친절했던 반장과 연락이 끊긴 것은 내가 3학년 때 전학을 가면서부터였다.

그리고 10년이 흐른 어느 날, 고향 친구이다 보니 엄마들을 통해 서로의 소식을 듣게 되었다. 반장도 서울에서 대학을 다니고 있으니 한 번 만나보라며 연락처를 주었고, 그렇게 연락이 닿아 서울에서 만나기로 했다. 반장을 만난다고 생각하니 갑자기 마음이 설레었다. 초등학교 2학년 때 반장이 지금은 과연 어떻게 변했을까?

신촌역 6번 출구에 있는 엘리베이터 앞.

드디어 키가 훌쩍 커버렸지만, 길고 준수한 얼굴은 어릴 적 그대로인 반장을 만났다. 나는 밝게 웃으며 인사했고, 우리는 먼저 식사부터 하기 위해 신촌 거리를 같이 걸었다. 반장은 내 옆을 나란히 걸었고 나는 열심히 내 휠체어를 밀었다.

우리는 밥을 먹으며 서로가 기억하는 옛날이야기를 했다. 물론, 반장은 나만큼 그때의 일을 기억하지 못했다. 설렘으로 가득했던 마음이 조금은 푹 꺼지는 기분이 들고, 공유하고 있는 기억이 소진되자 처음 만나는 사람처럼 낯설고 어색한 기운이 감돌기도 했다.

이때부터 반장은 나에게 질문을 했다.

"휠체어 타면 힘들지 않아?"

이런 종류의 질문을 들을 때마다, 나의 대답은 언제나 똑같다.

"응, 네가 생각하는 것만큼 힘들지는 않아."

내 기억으로 반장은 장장 한 시간 동안 휠체어를 타면 힘들 것 같은 여러 사례를 구체적으로 들며 계속 질문했다. 그의 전공은 언론학이었다. 그래서일까? 인터뷰하는 느낌까지 들었다.

나에게서 이건 이래서 힘들고, 저건 저래서 힘들다는 말이 나오길 바라는 것 같았다. 마음이 살짝 불편해지기 시작했다. 그러다 보니 간혹 그러려니 하고 넘어갈 수 있는 질문에도 나는 조목조목 대꾸했고, 때로는 편견이라며 응수하기도 했다.

오랜만에 만난 친구와 이야기를 하면 할수록 거리에서 어깨를 부딪친 모르는 남자처럼 낯설게 느껴졌다.

이후 우리는 연세대 교정을 돌아보았다. 담쟁이 넝쿨로 둘러싸인 오래된 건축양식의 건물들을 보면서 감탄이 절로 나왔다. 시간이 좀 흐르고 또 다른 약속이 있었던 반장은 가야 했기에 우리는 이쯤에서 헤어지기로 하고 지하철역까지 함께 갔다.

그런데 주말 저녁 시간이라 거리에는 내 또래의 수많은 대학생으로 붐볐고, 휠체어가 지나갈 수 없을 만큼 길이 좁았다. 사람들이 길을 잘 비켜 주지 않아서 지하철역으로 향하는 거리가 십 리처럼 길게만 느껴졌다. 어렵게 지하철 엘리베이터에 도착했을 때, 반장은 마지막 질문을 했다.

"그런데 휠체어에 앉아서 다니다 보면 사람들 엉덩이만 보이겠네. 기분이 어때?"

이 질문을 받기 전까지 전혀 인식하지 못했던 사실이다. 왜냐하면 내가 보는 것은 사람들의 엉덩이가 아니었기 때문이다. 나는 짧게 생각한 후 대답했다.

"아니, 오히려 나는 전신을 볼 수 있는데? 카메라 삼각대처럼 말이야. 카메라 삼각대 위치가 딱 내 눈 높인 거 모르니? 사람들의 얼굴부터 다리까지 나는 한 눈에 포착할 수 있어."

비슷한 예를 들어, 미술 전시장을 가면 대부분의 작품이 바닥에서 145cm 높이에 걸린다. 그 높이는 남녀노소 모두에게 잘 보이는 위치이다. 딱 내 눈높이다.

이런 것이 시선의 차이겠지?

자신의 관점에서 짐작하고 힘들 거로 단정 짓는 것.

벽이 없는 예술 문화 체험

    대학 시절을 함께 보냈던 언니가 중국 서안에서 한국어 교사로 일하고 있었기에, 나는 언니를 만나러 그곳으로 여행 간 적이 있었다. 언니와 나는 양귀비와 당현종의 사랑을 그린 뮤지컬 「장한가」를 보기 위해 공연 2시간 전에 미리 화청지에 도착했고 언니가 표를 예매했다.

    그런데 문제가 좀 생겼다. 우리의 자리는 중간 열 뒤쪽 끄트머리의 자리였다. 그 자리는 계단을 올라가서 좁은 통로를 지나야 했기에 공연장 직원은 휠체어를 탄 나에게 가장자리 끄트머리에 앉기를 권했다. 그 자리는 우리가 예매한 표보다 한 등급 아래로, 공연을 보기에는 좋지 않은 자리였다. 게다가 그 직원이 언니는 원래 예매한 자리에 앉고 나만 따로 앉으라고 했다.

    언니와 내가 좀 당황한 표정을 짓자 직원이 뭐라고 설명하는 것 같았지만, 나는 제대로 알아들을 수 없었다. 그러는 가운데 공연 입장 시각이 다 되었다.

이러다간 내가 원하지 않는 자리에서 그것도 언니와 따로 앉아 공연을 보게 될 수 있겠다 싶어서 언니에게 이야기했다.

"언니, 직원들에게 나를 안아서 우리가 예매한 자리에 앉혀 줄 수 있느냐고 물어봐 주세요. 한국에서는 영화를 보거나 공연장에 갔을 때 직원이 그렇게 해서 예매한 자리에 앉게 해주거든요."

그러자 언니는 눈을 크게 뜨며 놀란 듯이 물었다.

"그래도 괜찮겠어? 사람들이 널 안고 저 자리에 앉혀 줘도? 난, 네가 네 몸에 손대는 거 싫어하는 줄 알았지."

"괜찮아요. 그런 거 상관 안 해요. 돈 낼 거 다 내고 보는데 곁다리로 껴 있는 것처럼 보는 것보단 그게 나아요."

그리고는 하지 말았으면 좋을 한마디를 더 했다.

"언니, 그리고 저에게 먼저 물어봐 주었어야죠. 언니가 생각한 배려가 아니라, 내가 어떤 게 좋은지 먼저 물어봐 줄 수 있잖아요."

사람들이 금세 자리를 메웠고 공연 시작을 알리는 조명이 켜졌다. 마지막 말은 하지 말걸. 마음이 몹시 불편했다. 언니는 나를 배려해서 그런 건데 내가 너무 심했다는 마음이 들었다.

오늘 내내 언니는 나를 밀고 여기저기 구경시켜 주느라 만만치 않게 고생했을 텐데. 이 자리 하나에 불편하다고 짜증을 낸 것이 후회스러웠다. 내가 조금만 참았으면, 언니의 그 수고와 노력이 물거품이 되지 않았을 텐데.

옆에 앉아 있는 언니를 슬쩍 보니 표정이 좋지 않았다. 언니는 핸드폰을 꺼내서 무언가 적는 게 보였다. 곁눈질로 무엇을 썼는지 보았다.

'시간, 돈, 노력…… 모두 허무하다……. 나는 수업도 미루고, 모든 일정을 다

뒤로 하고 왔는데……'

　역시나 언니는 나의 말에 무척 상처를 받은 것 같았다. 언니의 수고와 노력을 모르는 게 아니었다. 순간 사람들이 말하는 '배려'가 나에겐 일방적이라는 생각이 들었다. 휠체어 고객과 동행자를 분리해 놓는 것을 당연하게 생각하는 직원들의 태도가 황당했을 뿐이다. 하지만 이렇게 공연을 본들 무엇이 재밌을까? 불편한 상황을 만든 것 자체가 후회스러웠다.

　미국에 있을 때 갔던 영화관을 떠올랐다. 가수 비가 주연한 「닌자 어쌔신」이 미국에도 개봉한다는 소식을 듣고 동네 영화관을 찾았다. 미국에서 처음으로 가는 영화관이라 과연 어떨지 궁금했거니와 '혼자' 보는 영화도 처음이기에 여러모로 긴장되었다.
　매표소 앞에 서서 원하는 시간과 영화를 말했다. 통통한 체격의 피부색이 검은 여성 매표소 직원은 나에게 정상 가격인 13달러가 아닌 반절 가격인 6달러를 달라고 했었다. 미국에서는 종종 이런 편리함이 있었다. 장애인 관련 혜택을 적용해 줄 때 굳이 장애인증명을 요구하지 않고 쉽게 처리해 주었다.
　뜻밖의 소득을 얻은 기념으로 팝콘과 콜라를 하나 사서 영화관에 들어갔다. 저녁 8시밖에 되지 않았는데도 영화관 로비에는 사람들이 드물게 보였다. 영화관 곳곳을 지키는 경비원들과 직원들이 관객보다 더 많아 보일 정도로. 또한 상영관들이 1층에 있어서 모든 동선이 휠체어로 이동하기 쉬웠다.

　상영관 문 앞으로 다가가자, 티켓을 확인한 직원이 기분 좋은 미소를 지으며 문을 열어 주었다. 티켓에 쓰인 자리는 중앙 통로였는데, 관객이 많이 없어 어디를 앉아도 괜찮아 보였다. 좌석을 둘러보니 좌석들이 크게 3열로 나뉘어 있었고 각각의 열 사이는 계단이 아닌, 경사로로 되어 있었다. 전동휠체어가 충분히 지나갈 수 있는 넓이의 통로였고, '휠체어 석'이라고 지정된 곳은 총 여섯 곳이 있었다.

그래서 휠체어를 탄 관객이 선택할 수 있는 폭을 넓혔고, 휠체어를 탄 관객을 동시에 여러 명 수용할 수 있게 했다. 또한 휠체어를 탄 관객과 동반자가 함께 나란히 앉아서 영화를 관람할 수 있도록 휠체어 좌석 바로 옆 좌석에 시트가 있는 좌석을 두었다. 상영관 안 곳곳에 있는 휠체어 자리도 감동이었지만, 나는 휠체어 좌석 옆에 시트 좌석을 놓은 설계에 감동했다.

휠체어 채로 앉아 영화를 보든지, 자리에 옮겨 앉아 영화를 보든지 각자가 원하고 편한 방법대로 볼 수 있게 허용해 주는 시스템에 놀랐고, 함께 온 사람을 고려한 설계자의 마음 때문에 또 한 번 놀라웠다. 함께 하고 싶은 '당연한 욕구'를 설계에 반영해서 그 소소한 필요를 충족해 주고, '분리Segregation'가 아닌 '다 같이Inclusive' 영화 관람을 할 수 있도록 했다는 것에 감동했다.

출처 Universal Design Guide

한국 영화관도 장애인석이 의무화된 것은 참 멋진 일이지만, 아직은 '차별적인' 시설 즉, 휠체어 석이 '분리'되어 있는 것이 좀 아쉽다. 휠체어 장애인들을 위해 따로 마련된 지정 좌석은 영화관 맨 뒤이거나 맨 앞이었다. 만약에 맨 앞자리에 앉게 되면, 영화를 보는 내내 고개가 아팠다. 사실 고개가 아픈 것은 괜찮았는데, 가장 안타까웠던 것은 휠체어 석과 함께 간 친구 좌석이 떨어져 있어서 친구와 따로 앉아야 한다는 점이었다. 나는 그래도 친구와 영화를 나란히 앉아서 보고 싶어 직원의 도움을 받아 휠체어 석에 앉지 않고 친구 옆자리에 옮겨 앉곤 했다.

여러 가지 생각에 불편한 마음으로 「장한가」를 보고 난 후 언니에게 사과했다. 다행히 언니는 나의 사과를 받아 주었다. 그리고 나를 대학 다니는 동안 쭉 보았지만 이렇게 온종일 같이 다녀보니, 비로소 휠체어를 타고 밖으로 나가는 건 정말 쉽지 않다는 걸 알았다고 했다.

멋진 공연을 누구나 유쾌하게 볼 수 있었으면 좋겠다. 좋아하는 가수의 콘서트를 가기 위해서 어떻게 휠체어로 갈 수 있을까 미리 걱정하지 않는 날이 어서 왔으면 좋겠다.

미니스커트 사랑해

    가세가 기울었던 시기에도 엄마는 나를 잘 입혔다. 엄마 자신은 '길거리표'라 불리는 한 장에 5천 원짜리 티셔츠를 입을지라도 나는 계절이 바뀔 때마다 고급 아동 브랜드로 옷을 사주었다. 또한 옷을 사러 갈 때면 휠체어를 밀고 나와 함께 시내로 가서 내가 직접 옷을 고를 수 있게 해주었다. 나는 시내에 가는 날이 제일 기대가 되고 신났다. 시내에 가면 예쁜 옷과 맛있는 길거리 음식이 눈과 입을 즐겁게 했으니까.

    어릴 적 나는 치마를 입지 않으면 유치원에 가지 않았다. 엄마가 예쁘다고 입혀준 옷이 내 맘에 들지 않으면 대문 밖까지 갔다가도 다시 집안으로 들어와서 갈아입었을 정도였다. 또 몸에 거슬리는 것은 벗어버려야 직성이 풀리는지, 현충일에 소풍 간 사진 속 나는 양말 한쪽을 벗어버리고 해맑게 웃고 있었다. 그렇게 나는 입는 것에 자기주장이 매우 강한 아이였다.

휠체어를 탔다고 해서, 나의 그러한 관심사는 사라지지 않았다. 또래 아이들 사이에서 '힙합' 바지가 유행했을 때도 나는 우스꽝스럽게 힙합바지를 입고 다녔던 기억이 난다. 뼈밖에 없는 앙상한 다리에 힙합바지는 내가 생각해도 전혀 어울리지 않았지만, 그게 예쁜 줄 알고 친구들과 시내로 놀러 간 추억들이 있다.

대학교에 들어와서 비로소 진정한 복장의 자유가 생기자 나는 짧은 미니스커트를 입기 시작했다. 휠체어에 앉아 있으면 속옷이 보일 정도로 아슬아슬했지만, 나는 남들의 시선은 전혀 신경 쓰지 않았고 예쁜 미니스커트를 사서 입는 게 즐거웠다. 그런 나를 보고 대학 선배였던 한 언니는 휠체어 타는 여자 장애인이 미니스커트를 입는 건 처음 본다고 했다. 그 언니 역시 휠체어를 탔는데, 언니는 나와 완전히 반대의 성격을 갖고 있었다. 내가 신입생 때 언니의 첫인상은 매우 어두웠던 거로 기억한다. 언니는 나보다 체구가 작았는데, 늘 어두운색의 옷을 입어서 더 작아 보였다. 그리고 단 한 번도 언니가 치마 입은 모습을 보지 못했다.

어느 날 동아리 방에서 치킨을 같이 먹으며 이야기를 나누는데, 옷에 관심이 없는 줄 알았던 언니가 내가 입는 옷에 대해 먼저 말을 꺼냈다. 그래서 나는 어릴 때부터 못 입는 옷이 없었다는 말과 함께 언니도 한 번 치마를 입어보라고 강력하게 권했다. 그러자 언니는 다리에 어렸을 때 데인 상처가 있어서 치마를 입는 것이 좀 꺼려진다고 했다.

그런데 언니가 한 장애인 연극단에 들어가더니, 삶의 모습이 180도 바뀌었다. 자동차를 사서 어디든지 원하는 대로 다니기 시작했다. 그리고 외국 여행까지 다녀오더니, 표정이 훨씬 밝아졌고 여유가 묻어났다. 또한 원피스 입기에 도전했고, 그에 어울리는 하이힐도 신었다. 마치 마음속에 있던 욕구들이 한꺼번에 터지듯이 언니는 완전 다른 사람으로 바뀌었다.

사람들은 자기 자신을 얼마나 사랑하는지에 따라 자신을 가꾸게 되는 것이 아닐까. 나의 경우는 그랬다. 휠체어를 타는 여성들을 보면 팔을 많이 사용하기 때문에 팔이 두꺼워지고, 상대적으로 다리의 근육이 빠지기 때문에 그 다리를 감추기 위해 대부분 긴 바지를 입는다. 그러나 앙상한 다리일수록, 바지나 긴치마로 덮으면 하체가 더욱 빈약해 보인다. 오히려 몸매가 드러나는 스키니 진이나, 짧은 스커트를 입는 것이 다리가 더 탄탄해 보이는 효과를 누릴 수 있다.

언니는 다리에 흉이 많아서 스커트를 못 입겠다고 했지만, 그것은 '나는 내 다리에 자신이 없어. 스커트를 입으면 사람들이 이상하게 볼까 두려워' 하는 마음의 다른 표현이 아닐까? 처음 언니에게 치마를 입어 보라고 권했을 때 다리 흉이 있으면 진한 스타킹을 신으면 된다고 했다. 하지만 그때는 전혀 소용없던 언니가 자신감을 찾은 이후 바뀐 것이다.

콤플렉스는 자기 자신을 진정으로 사랑하는 데 걸림돌이 된다고 생각한다. 나는 허리 수술 때문에 척추 두 마디를 빼서, 앉은키가 작고 상대적으로 팔이 길어 보이는 게 나름의 콤플렉스였다. 그래서 고심을 하고 여러 옷을 실험해 본 결과, 짧은 허리와 긴 팔의 불균형을 맞추려고 일부러 어깨선이 드러나는 '오프숄더'의 상의를 입곤 한다. 그러면 상대방의 시선이 나의 팔이나 허리가 아닌 내 얼굴과 어깨로 분산이 되기 때문에, 체형을 보완할 수 있게 되었다.

여자라면 누구나 예쁘게 보이고 싶은 그 본능이 있고, 그건 장애를 가진 사람도 마찬가지이다. 그 본능을 누르려고 하는 것이 아니라 오히려 자신에 몸에 맞게 다양하게 발현했으면 좋겠다. 아름다움은 획일적이지 않으니까.

  꽃송이도, 눈송이도 자세히 들여다보면 어느 하나 똑같은 게 없듯이, '다른
건' 좋은 것이고, 아름다운 것이라는 걸 사람들이 알았으면 좋겠다.
  아름다운 그대! 그대의 아름다움을 보여 주세요.

원본 인생

　새내기 대학생이 된 나는 생애 처음 여권을 만들기 위해 아빠를 대동해 여권과에 갔다. 번호표를 뽑고 자리에 앉아 내 차례를 기다리는 동안 창가의 정지된 풍경을 보면서 아빠에게 말했다.

　"아빠, 있잖아…… 사람들은 물 흘러가듯이 살라고 말하잖아. 유유자적 사는 거, 순리대로 사는 것이 좋은 거라고. 근데 내 삶은 그런 거랑 거리가 먼 것 같다는 생각을 했어. 「거꾸로 강을 거슬러 오르는 저 힘찬 연어들처럼」이라는 노래 제목도 있잖아? 그 노래에 나오는 연어처럼 나는 내게 주어진 운명과 맞서는 삶을 사는 것 같단 말이야. 나도 위에서 아래로 흐르는 물에 편승해서 살고 싶었는데……. 그건 내 삶이 아닌 것 같아. 그래서 나는 평범하게 살지 않기로 했어."

　아빠는 말이 없었고 그 눈에는 대견함과 애잔함이 순간적으로 지나가는 것 같았다. 일곱 살에 장애가 생긴 후 성장하면서 어떤 일 하나 평범하지 않았던 내게 그 결심은 일종의 선포와 같았다.

나는 많은 장애를 극복한 인물들의 삶을 보며 자랐다. 선천적으로 두 팔과 한 다리가 없이 태어난 '레나 마리아', 화상 장애를 극복한 '이지선' 언니를 책을 통해 알았다. 어린 나에게 어른들은 그런 인물들처럼 장애를 극복한 훌륭한 사람이 되라고 했다. 그러나 정작 나에게는 그들이 겪은 장애와 성장 환경 등이 내 삶과 다른 면이 많았다고 생각했기에 어른들의 그런 말에 공감하기 어려웠다.

근본적으로 생각해 보면, 나는 나 자신을 특별히 '장애인'이라고 생각하지 않았다고 말하는 편이 더 정확할 것 같다. 나에게 장애인이라는 정체성이 없어서일까. 그래서 나는 여느 친구들처럼 정답을 요구하는 사회 속에서 나 역시 평균 안에 속하려고 부단히 치열하게 살았다.

덕분에 나이 스물여섯 살 때, 대학 졸업 후 입사한 대기업에서 2년 동안 나름 혼자만의 시간을 충분히 가질 수 있었고, 생활의 안정감도 얻었다. 그렇게 바라던 평범함의 모양이 갖추어진 것 같았는데, 정작 나의 내면은 다시 요동을 치기 시작했다. 어쩐지 이것은 내가 원하는 삶이 아닌 것 같았다. 그래서 회사에 휴직계를 제출하고 짧지만 깊은 방황을 했다. 남들에게 뒤처지지 않는 것이 내 삶의 기준점이 되어 발버둥 쳤던 지난날들.

많은 사람이 남들 하니까 보내는 학원, 남들 다 하니까 하는 영어공부, 남들 다 가니까 가는 대학. 그리고 남들이 하는 만큼의 격식 있는 결혼식, 남들이 사는 만큼의 아파트 평수. 따라가야 할 것들이 전 생애에 걸쳐 있는 것 같다는 생각이 꼬리를 물었기에 힘들었던 것 같다.

그런 평범한 일들이 장애를 갖고 사는 나에게 끝없이 따라가야 할 목표 지점이 되었다는 생각이 들었다. 전철 타기와 같이 간단한 일들도 나는 온 힘을 다해야 했지만, 장애인이니까 불가능하다는 그 평범한 것들을 무척이나 간절히 보란 듯이 해 보이고 싶었다.

　내 주위에는 인생이 계획적으로 된다고 생각하고, 실제로 무탈하게 살아온 사람들이 꽤 있었는데, 그들과 지내면서 내가 갖지 못한 그 '안정감'이 부러웠다. 아마 예측이 가능한 삶 자체를 부러워했던 것 같다. 하지만 사실 그게 독이 될 수 있다는 것을 방황의 끝에 알았다. 그 누구도 인생이 내 맘대로, 내 힘으로 되는 것이 없다는 것을 깨달았다.

　현실이라는 육중한 무게가 나를 저 깊은 바닥으로 끌어당기려고 할 땐, 시선을 아래로 향해 그 무게를 바라보는 것이 아니라, 시선을 위로 향하고 '두려워하지 말'고 말하는 내 안의 소리에 집중하는 거다. 그 소리를 의지해 온 힘을 다해 오르려고 노력하면, 내 안에 잠재해 있던 '용기'가 빛을 발하게 된다는 걸 벼랑 끝에 서 있는 것 같았던 그 시기를 지나고서 알게 되었다.

　어느 날 휠체어를 밀고 광화문 거리에 나갔는데, 문득 상점 유리벽에 비친 나를 보았다. 씩씩하게 그리고 리듬을 타듯이 질주하는 나의 휠체어는 늘 내 인생을 그렇게 앞으로 달리게 해주었다. 거울 속에 나는 얼마나 '나답게' 평범이라는 것을 의식하지 않으면서 살아왔을지 잠시 생각해 보았다.

　나는 원본으로 태어났다. 그런데 왜 복사본으로 살려고 애썼던 걸까. 평범이라는 이름에 가려진 무시무시한 목표들, 당연하게 누려야 한다고 믿고 있는 것들이 나 자신을 불행하게 하는 것은 아닐까.

"끊임없이 당신을
당신 아닌 존재로 만들려고 하는 세상 속에서
자기 자신으로 존재하는 것.
이것이야말로 가장 큰 성과다."

_Ralph Waldo Emerson

지구 구석구석까지 풍기는 꽃향기

    초등학교 4학년 일기장에 정찬금 선생님께서 달아주신 짧은 코멘트가 기억
난다.
    '예솔이는 나중에 훌륭한 사람이 되어서 가고 싶은 곳, 지구 구석구석까지
갈 수 있을 거야.'

    과학실을 가기 위해서 정찬금 선생님의 등에 업히면,
선생님의 블라우스 카라에서는 진한 꽃향기가 났다.
성숙하고 포근한 느낌의 그 향기가 기분을 좋게 했다.
나는 커서 선생님처럼 몸에서 기분 좋은 향기가 나는
그런 여자가 되겠다고 생각했다.

어디를 가든지 말 한마디,
눈빛 하나에서 꽃향기 같은 진한 여운을 남기는 사람이 된다면,
존재만으로도 긍정적인 영향을 주는 사람이 될 수 있다면,
기댈 곳 없는 사람들에게 잠시 어깨를 빌려줄 수 있다면.
내가 가는 인생이라는 이 여행길에서 만나는 사람들에게
자신이 얼마나 특별한 사람인지 알려주고 싶다.

여행하듯, 어딘가 얽매여 있지 않고서
누구에게도 연연하지 않으면서 폴짝폴짝 걷고 싶다.

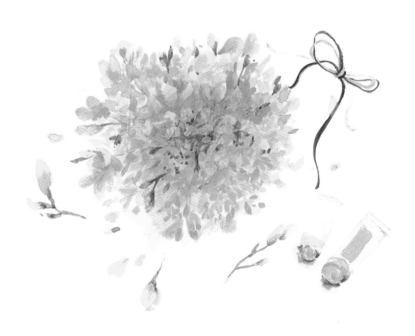

이어지는 꿈

"다시 걸을 수 있다면, 무엇을 하고 싶어요?"

사람들이 내게 조심스레 묻는다. 재활 운동으로, 나는 지난 20년간의 휠체어 삶과는 또 다른 인생의 2막 앞에 서 있다. 나 역시 참 궁금했다. 앉아서 보는 세상 말고 서서 보는 세상은 과연 어떤 모습일까. 잠시 고민에 빠진다. 등산, 도보 여행, 또는 달리기같이 휠체어로는 불가능해 보였던 걸 답하리라 예상하지만, 내 바람은 좀 다르다. 나는 평소와 같이 그동안 휠체어에 앉아 보냈던 하루를 똑같이 살아보고 싶다. 서두르지 않고 천천히 걷고, 찬찬히 지켜볼 예정이다. 그래서 휠체어를 타고 보냈던 나의 일상과 걸어서 보내는 나의 하루를 비교해 보고 싶다. 매일 지나친 풍경이 어떻게 다르게 보이는지, 낯선 사람들은 나를 어떻게 대하는지, 어떤 것을 다르게 해볼 수 있는지 직접 경험해 보고 싶다.

영화 「어바웃 타임」에서 남자 주인공은 시간을 되돌릴 수 있는 능력으로 똑같은 하루를 두 번 살아보는 장면이 나온다. 처음에는 분주하고, 애쓰고, 전전긍긍하며 피곤한 하루를 보내는 모습이 나왔다. 우리가 사는 모습과 참 비슷했다. 그리고 주인공은 다시 하루의 시간을 되돌려 똑같은 그 일상을 다시 사는데, 이번에는 분주하느라 보지 못했던 일상의 보석 같은 순간을 즐기는 장면이 나왔다. 아침에 커피 주문을 받는 점원의 밝은 미소가 그제야 보였고, 상사에게 혼난 동료에게 재치 있는 장난을 쳐서 기분을 좋게 만들어 주었고, 일을 마치고 집으로 돌아가는 전철 안에서 시끄러운 메탈음악을 듣고 있는 옆에 앉은 청년 때문에 얼굴을 찡그리기보다, 그 순간의 배경음악인 것처럼 눈을 감고 즐겼다.

하늘이 내게 똑같은 하루를 다른 몸으로 한 번 더 살아볼 기회를 준다면, 이전보다 더 행복할까, 아니면 똑같을까. 분명한 것은 조금 더 참을성 있게, 더 많이 웃고 일상의 조각들을 소중하게 여기면서, 그렇게 하루를 보내고 싶다.

아주 오래전 나침반 없이 항해했을 땐, 길잡이가 지나온 뱃길을 돌아보면서 현재 위치를 가늠하고, 목적지를 향해 앞으로 가야 할 길을 파악했다고 한다.

난 어디쯤 왔을까. 늘 가보지 않은 길은 두렵지만 지금까지 그래왔던 것처럼 담대하게 나아갈 예정이다.

오늘 하루만 더 긍정하기로 마음먹으면서.

오늘 하루만
　　더 긍정

초판 1쇄 발행 | 2017년 5월 2일

지은이 | 김예솔
발행처 | 마음지기
발행인 | 노인영
기획 · 편집 | 하조은
디자인 | 강지나

등록번호 | 제25100-2014-000054(2014년 8월 29일)　**주소** | 서울시 구로구 공원로 3, 208호　**전화** | 02-6341-5112~3　**FAX** | 02-6341-5115　**이메일** | maum_jg@naver.com　＊이 도서의 국립중앙도서관 출판예정도서목록(CIP)은 서지정보유통지원시스템 홈페이지(http://seoji.nl.go.kr)와 국가자료공동목록시스템(http://www.nl.go.kr/kolisnet)에서 이용하실 수 있습니다.(CIP제어번호:2017009616)

ISBN 979-11-86590-23-2 03810

마음지기는 여러분의 소중한 꿈과 아이디어가 담긴 원고 및 기획을 기다립니다.

마음지기는 ──────────────────────────

성공은 사람을 넓게 만듭니다. 그러나 실패는 사람을 깊게 만듭니다. 마음지기는 성공을 통해 그 지경을 넓혀 가고, 때때로 찾아오는 어려움을 통해서 영의 깊이를 더해 갈 것입니다. 무슨 일에든지 먼저 마음을 지킬 것입니다.
높은 산꼭대기에 있는 나무의 뿌리가 산 아래 있는 나무의 뿌리보다 깊습니다. 뿌리가 깊기에 견고히 설 수 있습니다. 마음지기는 주님께 깊이 뿌리내리고 그 어떤 상황에서도 주님을 찬양할 것입니다.
"하나님과 가까이 교제하고 교감하는 사람은 그렇지 못한 사람보다 더 행복하다"라고 마시 시머프는 말했습니다. 마음지기는 하나님과 교감하고 교제하기 위해서 하루 24시간을 주님과 동행할 것입니다.

──────────── "모든 지킬 만한 것 중에 더욱 네 마음을 지키라 생명의 근원이 이에서 남이니라" 잠언 4:23